NOUVEAUX
CONTES DES FÉES,

CONTENANT

La Coquille de Noix ou la Fée Barbotte. Le Géant Périférigérilérimini. L'Ile de Cristal ou le roi Ioïo. La Belle toujours filant. Grippe-Saucisse. Biscotin. La Maison
volante. Le petit Chien coiffé. Gourmandinet ou la Fée Berlinguette.

PAR DUCRAY-DUMINIL.

Auteur de Victor ou l'Enfant de la Forêt, des Petits Orphelins
du hameau, Alexis ou la maisonnette des bois
etc., etc.

PARIS,
LE BAILLY, LIBRAIRE,
Rue Dauphine, 24.

1844.

LA FÉE
BARBOTTE.
GRIPPE-SAUCISSE.

LE ROI
DE IOIO.
BISCOTIN.

B.R

DUCRAY-DUMINIL,

Auteur de plusieurs ouvrages qui lui assurent un rang distingué
dans la littérature.

Né en 1761 et mort en 1819.

NOUVEAUX
CONTES DES FÉES,

CONTENANT

La Coquille de Noix ou la Fée Darbotte. Le Géant Périférigé-
dictimpt. L'Ile de Cristal ou le roi Lofo. La Belle toujours Géant. Grippe-Saucisse. Biscotin. La Maison
volante. Le petit Chien coiffé. Gourmandinet ou la Fée Berlinguette.

PAR DUCRAY-DUMINIL.

Auteur de Victor ou l'Enfant de la Forêt, des Petits Orphelins
du hameau, Alexis ou la maisonnette des bois
etc., etc.

PARIS,

LE BAILLY, LIBRAIRE,
Rue Dauphine, 24.

1844.

TABLE.

NOUVEAUX
CONTES DES FÉES.

La Coquille de Noix,
OU LA FÉE BARBOTTE.

Par un beau jour d'été, cinq petits garçons, qui n'étaient point frères, mais amis et voisins, allèrent se promener après en avoir obtenu la permission de leurs parents. Ils traversèrent à gué un

ruisseau limpide et entrèrent dans des bois épais
où ils s'assirent sur l'herbe. Qu'on est heureux,
dit l'un d'eux, quand on n'a rien à faire, quand
on peut se promener comme cela tous les jours !
Les gens riches peuvent jouir de ce bonheur-là.
— Sans doute, ajouta le second. Si je n'étais pas
obligé d'aller à l'école ! — Moi, dit un troisième,
j'apprends le métier de tapissier ; il faut que je
porte, du matin au soir, des échelles, des paquets,
qui sont lourds, ah ! — C'est comme moi, inter-
rompt un autre ! je suis apprenti chez un épicier,
qui me fait aussi porter des cruches d'huile, des
livres de café, et tout cela sur ma tête, dans une
manne. Je ploie quelquefois sous le faix.

Le cinquième, nommé Théophile, se contenta
de leur répondre, sans se plaindre comme eux :
Que voulez-vous, mes amis? tout le monde est né
pour travailler, d'une manière plus ou moins rude.
Le plus riche travaille, dans son genre d'état,
comme le plus pauvre. Ce gros financier qui demeure à côté de nous entre dans son cabinet à
sept heures du matin, et, le soir, à minuit, il y
travaille encore : on dit qu'il pâlit sur des chif-
fres. Pourquoi ne jouit-il pas librement de sa
grande fortune ? moi, je suis, comme vous, dans
une maison de commerce de mercerie. J'ai beau
y travailler comme un mercenaire, je ne gagne
rien encore, et sans ma grand'maman qui a la
bonté de me loger, de m'habiller, de me nourrir,
je ne sais pas ce que je deviendrais. Encore elle
n'est pas riche ma grand'maman ; elle ne vit que
par économie ; elle se prive de tout pour moi. Oh !
je ne me plaindrais pas de travailler encore davantage, si je pouvais l'aider à mon tour de mon
gain ! Elle est si bonne ! elle a eu pitié d'un malheureux orphelin.

Comme il disait ces mots, une marchande de

noix passa C'était une petite femme tout enve-
loppée dans un grand mantelet d'indienne qui lui
descendait jusqu'aux talons. Nos cinq enfants lui
achetèrent un cent de noix, dont ils bourrèrent
leurs poches. En la payant, ils remarquèrent
qu'elle avait le visage voilé d'une coëffe noire qui
se nouait sous son menton. Pourquoi donc, la
mère, lui demanda Théophile, cachez-vous ainsi
votre visage? — Hélas, mes bons petits enfants,
répondit la vieille, une maladie cruelle, la petite
vérole, m'a rendue si laide, que je me fais peur à
moi-même. — Quel dommage?

La vieille passa son chemin; mais soudain le
ciel se chargea de nuages, et un orage affreux
éclata sur la forêt. Les enfants se réfugièrent dans
une espèce de grotte, où ils ne reçurent pas une
goutte d'eau. Quand l'orage eut cessé, ils se mirent en route pour rentrer chez eux, en sautant
les ravins, en marchant pour ainsi dire dans l'eau.
Ils étaient aux trois quarts du chemin qu'ils
avaient à faire, lorsqu'ils virent devant eux une
petite vieille femme, courte, couverte de sales
haillons, qui paraissait boiter, et qui, pouvant à
peine marcher, avait une peine horrible à se tirer
des boues où elle enfonçait jusqu'au mollet.

Les quatre camarades de Théophile se mirent à
éclater de rire, en se moquant de cette pauvre
femme. Eh! la vieille, voulez-vous ma voiture?
attendez, je vais vous porter sur mon dos, mais
pour vous jeter dans la première ornière. O
quelle figure et quels yeux! comme elle les équar-
quille! et mille autres mauvais propos.

La pauvre vieille grimaçait en effet, en leur faisant de justes reproches; elle roulait des yeux ter-
ribles et les appelait des petits coquins. Elle voulut
même lever son bâton pour les frapper; mais
n'ayant plus ce soutien qui lui était indispensable,

elle glissa et tomba dans une marre des plus bourbeuses. Nos quatre mauvais sujets, enchantés de sa mésaventure, se mirent à ramasser de la boue et à lui en jeter sur le dos, sans avoir l'humanité de l'aider dans les vains efforts qu'elle faisait pour se redresser.

Théophile, outré d'indignation, dit à ses camarades : Otez-vous, méchants! que l'un de vous ose encore insulter cette infortunée; il aura affaire à moi.

Il les pousse à droite, à gauche, vole à la vieille, et, sans s'inquiéter s'il gâtera ses mains ou ses habits, il parvient à la retirer de la marre. Mais elle est faite! elle n'est que boue de la tête aux pieds, et Théophile aussi! Grand merci, dit-elle, bon petit garçon! quoique j'aie lieu d'en vouloir à vos jeunes amis, ne les grondez pas davantage à mon sujet. C'est moins leur faute que celle du destin. Il m'a rendue si laide, si malpropre, qu'à tout moment j'éprouve de semblables avanies. Tous les petits polissons me suivent en me disant cent sottises. — Pauvre femme! s'écria Théophile en soupirant. Ah! je voudrais que le ciel vous rendît à l'instant jeune et jolie, pour que vous n'éprouvassiez plus!...

Il n'a pas le temps d'achever. La vieille se change à ses yeux en une grande, jeune et belle femme, toute couverte de soie, d'or et de diamants. Enfant humain, généreux et compatissant, dit-elle à Théophile, tu vois devant toi la fée Barbotte, qui est condamnée à garder pendant trois ans la forme affreuse sous laquelle tu viens de la rencontrer, à moins que quelque passant charitable ne forme pour elle le souhait que ton bon cœur t'a fait exprimer. Tu juges que cela est impossible. Dans cet état dégoûtant, tout le monde me fuit, m'injurie, et tu es le premier qui, librement, sans y être excité, as prié le ciel de me faire redevenir jeune et jolie comme je suis. Je dois rester trois ans telle que me voilà, puis trois autres années vieille et horrible comme tout-à-l'heure. C'est une métamorphose qui m'a été imposée par un méchant enchanteur plus puissant que moi, et qui doit s'opérer ainsi successivement de trois en trois années. Je n'avais repris que d'hier mon odieuse forme; ainsi, grâce à toi, j'en ai pour six ans à rester belle et brillante d'atours. Quel service tu m'as rendu, et combien je t'en dois de reconnaissance! C'est moi qui, avant l'orage, t'ai vendu les noix que tu manges-là... Mais que fais-tu? tu jettes à terre cette coquille, parce qu'elle est vide? garde-toi bien de la perdre; ramasse-la, mon cher enfant, et garde-la soigneusement : j'y ai caché un talisman des plus utiles pour toi. Quand tu voudras, cette coquille se changera en l'objet que tu désireras. Tu n'auras qu'à lui dire : *Coquille de noix, deviens* ceci, cela, ce qui te fera plaisir. Je te préviens encore que mon pouvoir ayant ses bornes, je n'ai pu donner à cette coquille la vertu de se métamorphoser que quatre fois. Au cinquième vœu que tu ferais, elle éclaterait dans ta main comme un coup de tonnerre, et elle pourrait occasionner de grands malheurs. Dans ces quatre métamorphoses, je ne compte pas celles où tu voudrais la faire revenir dans son état naturel. Cela fera en tout huit changements si tu veux. Adieu, aimable enfant; n'oublie pas plus la fée Barbotte qu'elle ne t'oubliera.

Elle dit et disparut sous la forme de l'arc-en-ciel.

Qui est content et bien étonné? c'est Théophile. Tandis que ses camarades restent confus et n'osent l'approcher, Théophile examine sa précieuse coquille, et ne la trouvant pas différente des autres, il craint que la fée ne se soit moquée de lui. Il témoigne cette terreur à ses camarades, qui, par jalousie et pour l'intriguer, lui persuadent que la fée a voulu, en effet, abuser de sa crédulité.

L'un d'eux tire de sa poche une noix qu'il casse dans ses dents; mais soudain il la jette en s'écriant : Grand dieu ! que c'est mauvais !

Toutes les noix des quatre railleurs n'étaient plus remplies que d'un fiel noir et dégoûtant. Celles de Théophile, au contraire, étaient doublées de grosseur et de saveur. Il eut la bonté d'en donner à ses petits amis; mais, dans leurs mains, elles devinrent aussi mauvaises que les leurs.

Cependant ils marchaient tous les cinq, en s'entretenant de cette singulière rencontre. Arrivés au ruisseau qu'ils avaient traversé à gué le matin, ils le trouvèrent tellement gonflé par les eaux des ravins, qu'il était devenu une véritable rivière. Comment faire pour la passer ! il est tard; leurs parents vont s'inquiéter de leur absence, et Théophile ne voudrait pas causer le plus léger chagrin à sa bonne grand'mère ! Il s'imagine de profiter de la coquille pour un premier souhait. Il la jette dans l'eau en lui disant : *Coquille de noix, deviens un bateau*.

A l'instant, la coquille s'alonge, s'élargit, se creuse, et offre aux yeux la plus jolie gondole qu'on puisse voir. Un beau noyer lui sert de mât, et les nombreuses feuilles de ce grand arbre offrent un abri contre les rayons du soleil et même contre la pluie. A peine nos cinq enfants, émerveillés, se sont-ils placés dedans qu'elle s'éloigne du bord et va d'elle-même les transporter à l'autre rive; mais il n'y a que Théophile qui y soit à pied sec. Ses quatre amis sentent les planches s'ouvrir sous eux ; ils restent assis sur le bord de l'ouverture qui vient de se faire; mais leurs jambes trempent tout-à-fait dans l'eau, et, avec cela, de

gros vilains poissons viennent leur tirer les pieds.
Ils jettent des cris perçants ; ils se croient perdus,
dévorés ; mais ils arrivent enfin, ainsi que Théophile,
et ils se hâtent de rentrer chez leurs parents, pour
changer leurs vêtements qui sont tout mouillés.

On devine bien que Théophile, en sortant de la
gondole, lui a ordonné de redevenir coquille, ce
qu'elle a fait. Il l'a mise dans sa poche, et il revient
chez sa grand'mère, à qui il raconte cette surpre-
nante aventure. La bonne mère-grand ouvre des
yeux étonnés. Elle considère le talisman, et comme
elle aime l'argent, dont en effet elle n'est pas trop
chargée, elle dit : Sais-tu, mon petit-fils, que si
tu voulais être sage, raisonnable, il y aurait de
quoi faire notre fortune avec cela? Tu vois que je
ne suis pas riche, il s'en faut ! tu grandis d'année
en année ; il te faut des habits plus amples, du pain
en quantité. Tout cela me coûte, et je ne sais si
j'y suffirai quand tu seras un homme. Ecoute,
mon Théophile, il me vient une idée ; c'est d'ordonner à cette coquille de devenir un grand coffre-
fort plein d'or : cela se pourrait-il? La fée t'a-t-
elle dit qu'elle pourrait se changer en or?

Théophile répond : Je n'en sais rien, bonne maman, la fée Barbotte ne m'a rien dit de cela ; mais
puisqu'elle prétend que j'en puis faire tout ce que
je veux, essayons. O mon dieu ! que je serais donc
heureux, si cela pouvait vous donner une existence plus tranquille. Voyons : *Coquille de noix,
deviens un grand coffre-fort tout plein de louis.*

O surprise! la coquille se change en un coffre
de deux pieds carrés sur un de hauteur, et dont
le couvercle s'ouvre à l'instant tout seul. La bonne
vieille dame ne peut contenir sa joie quand elle
regarde dedans et qu'elle le voit plein jusqu'au
bord d'une quantité incalculable de louis! sont-ils

véritables, s'écrie-t-elle, ou bien est-ce de la fausse monnaie?

Théophile court en changer un chez un marchand mercier, en lui disant : On a donné en paiement, à ma grand'mère, quelques louis comme celui-là; elle craint qu'ils ne soient pas bons.

Le marchand examine, essaie le louis, et répond en le lui rendant : Il est excellent, mon ami, je souhaiterais que tu en eusses comme cela quelques centaines.

Théophile dit tout bas en s'en allant : S'il savait que j'en possède quelques milliers !

Il rentre, il ferme bien son coffre, où il se trouve une serrure et une clef; puis la mère-grand et son petit-fils passent la soirée à former mille projets.

Le lendemain matin, la vieille dame dit à Théophile : Je n'ai pas fermé l'œil de la nuit, va, je n'ai fait que penser à notre cher trésor, et il m'est venu un projet Le seigneur d'ici à côté veut vendre sa terre, son château, son riche mobilier; je puis acheter tout cela, ainsi que les chevaux. les voitures, tout, tout, tout ! — Mais, bonne maman, y aura-t-il assez dans le coffre pour faire une pareille acquisition? — Oh, mon dieu oui mon enfant ! au surplus, nous aurions une ressource ; ce serait de le rétablir coquille, et de le faire redevenir coffre-fort, puisqu'il te reste deux souhaits à former; il n'y a pas de raison pour ne pas avoir deux coffres encore pleins comme celui-là. Au surplus, comptons la somme qu'il contient, et enfermons-nous bien pour que personne ne nous voie.

La grand'mère ferme les portes, les fenêtres : elle tire même les rideaux sur les croisées. Les voilà dans une espèce d'obscurité, mais bien sûrs de n'être ni vus, ni entendus. La grand'mère ouvre le coffre, veut prendre une poignée de louis;

mais, chose bizarre! ils ne viennent pas; ils semblent tous attachés les uns aux autres. Elle gratte avec ses doigts, aucun ne se détache, Oh, oh! ditelle en frémissant; qu'est-ce que cela veut dire? Théophile?

Théophile éprouve la même résistance que la grand-mère. Il gratte aussi cette lourde masse, et n'en obtient qu'une seule pièce, d'or qu'il pose sur une table. Il veut en reprendre une seconde; impossible! la mère et l'enfant restent confondus.

Un léger bruit qu'ils entendent les fait se tourner ils voient la fée Barbotte elle-même, tout debout au milieu de la chambre. Mes amis dit la fée d'un ton grave et sérieux, je ne vous ai pas donné cet or pour satisfaire votre cupidité ou votre ambition. Il ne doit servir qu'à vos besoins. Vous n'y prendrez; chaque jour, qu'un louis à-la-fois. Si vous aviez le malheur d'en vouloir détacher un second, le coffre entier deviendrait une flamme ardente qui mettrait le feu à la maison. Telle est la nature de nos bienfaits qu'ils ont toujours une restriction, et la suite vous prouvera que celle-ci est pour votre intérêt. Adieu.

Elle disparaît. La mère-grand a éprouvé tant d'effroi de cette apparition, qu'elle est prête à en perdre connaissance. Elle revient à elle cependant, et dit, en se résignant : Allons, il faut se contenter de ce qu'on vous donne, et en user sagement. S'il est impossible d'acheter une propriété qui coûterait peut-être deux cent mille francs, nous aurons toujours une existence honnête, en prenant, tous les jours un louis, ce qui, si je sais bien compter, augmente notre revenu de *huit mille sept cent soixante francs*. Dame; mon garçon! avec cela, il n'y a pas de quoi acheter grand'chose; mais on peut vivre, j'espère! et des plus honorablement encore.

La grand'mère se consola.

2

Quelques mois s'écoulèrent, et Théophile vit avec chagrin que sa bonne mère-grand changeait à vue d'œil. La nuit, elle ne dormait pas; le jour, elle ne quittait plus sa maison : elle fermait tout avec une précaution minutieuse, et le moindre bruit la faisait tressaillir. Qu'avez-vous, lui dit-il un jour, ma bonne maman? quelle peut être la source de votre chagrin? car vous en avez; c'est en vain que vous voudriez me le dissimuler.

Ah! mon ami, répondit la vieille dame, tu ne sais pas ce que c'est que posséder un trésor! on craint toujours qu'on ne vous l'enlève. Depuis que ce coffre est ici, je maigris à vue d'œil; j'y pense jour et nuit; je tremble quand le vent sifle dans les cheminées; enfin, je suis rongée d'une secrette inquiétude qui abrégera mes jours, si je n'y trouve un remède. Oh ciel! s'il est un moyen dites-le-moi bien vîte; car il n'y aurait pas de trésor qui pût me consoler de votre perte! — Tu m'aimes donc bien, mon Théophile? — Et comment n'aimerais-je pas une tendre mère qui remplace les auteurs de mes jours? — Tu peux me le prouver. —Quelque chose que vous exigiez, je suis prêt à vous satisfaire; parlez.—Eh bien! te voilà grand et fort; tu vas sur seize ans; tu es un homme. — Je saurais au moins en remplir les devoirs. — Il faut pour me contenter, que tu veilles toutes les nuits auprès de ce coffre. Je t'ai acheté un fusil, des pistolets, de la poudre, du plomb, une carabine, un couteau de chasse, un sabre, une épée, deux gros bâtons et une forte serpe. Tu auras tout cela près de toi, et le jour pendant que tu te reposeras, dans ton lit des fatigues de la nuit, je ferai sentinelle à mon tour. Je ne t'ai pas dit pourquoi j'avais renvoyé la servante, c'est que je veux que nous ne soyons que nous deux ici, qu'il n'entre personne, et que tout soit exactement fermé. O mon dieu! si l'on savait que nous cachons derrière cette tapisserie un pareil trésor, on viendrait nous couper le cou pour l'avoir. Veux-tu céder à mes désirs?

Théophile chérissait trop sa bonne maman pour lui trouver un ridicule, il ne savait que lui obéir. Il lui promit donc de faire tout ce qu'il lui plairait. Mais la garde assidue de Théophile ne guérit pas les alarmes de sa grand'mère. Elles redoublèrent : la bonne dame s'imaginait, les nuits, qu'on venait attaquer son petit-fils ; elle ne rêvait plus que voleurs, combats, assassinats ; elle croyait entendre le cliquetis des armes ; et si elle s'assoupissait, elle se réveillait en sursaut, en lui criant : Hein! est-ce toi qui tires un coup de pistolet?

Théophile, voyant la maigreur et la faiblesse extrême de cette vieille dame, lui dit un matin : Maman, vous ne dépensez certainement pas, par jour, le louis que je prends dans ce coffre? — Que dis-tu là? je n'en ai pas dépensé la huitième partie. Au contraire, je ne mange plus, je ne m'habille plus, et toi, qui me tiens si fidèle compagnie. tu ne prends aucune espèce de plaisir; cela fait que, depuis huit mois, j'ai là plus de cinq mille francs d'épargnes. — Cinq mille francs, bonne maman! eh mon Dieu! il ne vous en faut pas davantage pour le moment; par la suite, je puis utiliser mon talisman d'une autre manière Permettez-moi de le briser? — Je crois que tu as raison, mon garçon; car il me ferait mourir.

Théophile n'attendit pas que sa mère se rétractât; il donna l'ordre au coffre de disparaître, et à l'instant la coquille se retrouva à sa place. Sa mère-grand lui dit : Tu as bien fait, mon ami; et d'ailleurs il ne nous en serait resté guère davantage, si nous avions acheté la propriété en question. J'ai appris hier, qu'à la suite d'une grêle qui avait

cassé six arbres, la foudre était tombée sur le château, les bâtiments, la grange. etc., et avait tout
réduit en cendres; ce qui prouve que la fée a eu
bien raison, quand elle nous a dit que c'était pour
notre propre intérêt qu'elle nous empêchait de
l'acheter. Allons, serre bien ta coquille et repre-
nons la santé, la gaieté, ainsi que nos anciennes
habitudes.

Il se passa quatre années sans qu'il arrivât rien
de nouveau à Théophile. Il avait caché soigneusement sa coquille, et il la réservait pour de grandes
occasions. Théophile travaillait chez son marchand, et il connaissait parfaitement le commerce.
Le marchand avait une fille très-sage, mais ex-
cessivement laide Le père de cette fille dit un
jour à Théophile : Mon ami si tu avais quelque
pacotille à transporter dans les îles tu y ferais fortune; et, à ton retour, je te donnerais ma fille en
mariage.

Théophile estimait cette jeune personne ; mais
il ne l'aimait pas assez pour en faire sa femme.
L'avis du marchand n'en excita pas moins son ambition. Depuis longtemps il brûlait du désir de
voyager, et il saisit cette occasion. Monsieur, ré-
pondit-il au marchand, je me trouve très-flatté
de cet honneur. Je pars à l'instant, si vous me promettez d'avoir soin de ma bonne mère-grand, qui
est bien âgée, mais dont la santé, qui s'améliore
de plus en plus, me permet de voyager sans inquiétude pendant quelques mois.

Le marchand lui promit de prendre sa grand'
mère dans sa propre maison, ce qu'il fit, et Théophile partit.

Arrivé au premier port de mer, il attendit la
nuit ; puis, jetant son talisman dans l'élément perfide, il s'écria : *Coquille de noix, deviens un
vaisseau chargé de marchandises.*

A sa grande satisfaction, la coquille se changea à sa vue, en un joli vaisseau, dont le capitaine s'approchant de lui, le prit par la main sans prononcer une seule parole, et le conduisit dans la cale, où Théophile vit en effet des ballots de toutes espèces. Quand il fut remonté à la proue, dans la chambre qui lui était destinée, il s'aperçut que le vaisseau avait déjà quitté le rivage, et qu'il était en pleine mer. Il se coucha et s'endormit.

Le lendemain il fut bien surpris de voir que le capitaine et ses matelots se contentaient de le saluer sans lui dire un mot. Il les questionna, même silence. En un mot, ils lui obéissaient en tout, mais ils ne lui parlaient point. Apparemment, se dit-il, que ce sont les gens de la fée Barbotte, et qu'elle leur a défendu d'ouvrir la bouche. Il ne l'ouvrirent pas en effet, même pour manger. Ils servaient Théophile à table et ne prenaient, eux, aucune nourriture.

Au bout de huit jours, un vaisseau plein de pirates vint fondre sur celui de Théophile. Le pauvre jeune homme eut beau ordonner à son équipage de se défendre, tout le monde resta les bras croisés autour de lui, en sorte que le chef des pirates brûla le méchant navire qui l'avait amené, trouvant celui de Théophile bien plus commode pour lui, et il mit notre jeune homme dans les fers, à fond de cale.

Théophile se prit à pleurer, à gémir, à appeler en vain la fée Barbotte à son secours. Sa terreur redoubla quand il entendit le chef des pirates, Mahmou-Assa, dire à ses gens : Courage! mes amis; demain nous arriverons à la terre de Feu, et si le gouverneur ne veut pas me donner sa fille, je l'enlèverai; je la transporterai dans ce charmant navire jusqu'en mon palais, et là, je ferai du jeune Théophile le gardien de mon sérail.

2.

Je suis bien bête! se dit Théophile à ces mots; je puis à l'instant même punir l'insolence de ce forban, et j'aime mieux mourir dans les flots que de subir l'esclavage affreux qu'il me réserve.

Il ordonna à son vaisseau de redevenir coquille, et la métamorphose se fit si promptement que Théophile eut le temps de voir les pirates et leur chef couler jusqu'au fond de la mer.

Quant à lui, il se trouva couché tout de son long dans la coquille, qui, sans changer son bois, ni sa couleur, avait seulement prit la forme d'un esquif de la taille juste de son maître.

Elle le transporta doucement jusque sur une plage déserte, où reprenant sa première dimension, elle permit à Théophile de la mettre dans sa poche.

Il se trouva justement sur la terre de Feu, dont le gouverneur avait une très-jolie fille que le pirate Mahmou-Assa convoitait.

Vous dire, mes enfants, comment Théophile parvint à se faire aimer de ce gouverneur et de sa fille, la belle Déborah, serait étendre mon récit déjà trop long.

Qu'il vous suffise de savoir qu'au moment où il allait épouser Déborah, le méchant pirate, qui s'était sauvé des flots, reparut avec une nombreuse armée, livra bataille au gouverneur, et parvint, dans la mêlée, à enlever sa fille, qu'il transporta, sur sa petite flotte, jusqu'à l'île de feu où était situé son palais.

Le malheureux gouverneur était au désespoir. Séchez vos larmes, mon père, lui dit Théophile; je pars, et je vous ramènerai votre fille, mon épouse.

Il dit, ordonna à sa coquille de devenir char aérien, se place dedans, et arrive au palais du pirate avant l'arrivée du forban et de sa proie. Comme il avait ordonné à son char d'être invisible, il le déposa dans un coin de la vaste cour du palais, et ne tarda pas à voir revenir en triomphe le pirate, tenant dans ses bras Déborah fondant en larmes. Comme Théophile, en opérant la métamorphose du char, s'était trouvé habillé en chef de pirates, bienfait qu'il devait encore à la bonté de la fée, il s'approcha du char de Déborah, la prit par la main, sans paraître suspect au ravisseur, qui crut que c'était un des siens. Théophile alors dit à l'oreille à Déborah qui il était, et la conduisit vers la char pour l'y placer près de lui.

Mais, ô douleur! le char était redevenu coquille de noix; le quatrième vœu de Théophile était accompli; tout reprenait sa forme naturelle. Lui-même avait vu disparaître ses habits de forban, et le pirate ravisseur le reconnut!

Ah, ah! s'écria ce dernier : voilà donc le jeune téméraire, et son talisman que je puis enfin lui ravir! Déborah, sans vouloir me dire de qui il le tenait, m'a confié qu'il possédait cette précieuse coquille; elle est à moi, et je vais lui ordonner d'envoyer ici sur-le-champ une légion de tigres qui dévorent à mes yeux ce couple téméraire!

Pendant qu'on charge de chaînes notre imprudent jeune homme, le pirate ramasse la coquille, mais il n'a pas le temps d'achever *Coquille deviens*.....

Le talisman se brise avec un fracas épouvantable. Le palais s'écroule; le feu le dévore, et brûle dans des tourments inouïs, le forban et les siens ..

Fuyons, Déborah, s'écrie Théophile, fuyons ce spectacle horrible!

Tous deux se sauvent dans un bois voisin, où l'ombre ainsi que l'air pur et frais leur permettent de s'asseoir, de respirer, de se reposer. Une marre fangeuse est auprès d'eux; mais ils n'y pensent pas, tant ils sont effrayés de ce qu'ils viennent de voir.

A l'instant une petite femme, toute couverte de bourbe, sort de cette marre. C'est la fée Barbotte : nos deux amants se jettent à ses genoux, qu'ils embrassent, quelque crottés qu'ils soient ; mais la fée les relève et dit : Théophile, tu m'as bien secondée dans les tentatives que j'ai faites pour me délivrer de mon ennemi. Tu viens de me venger de l'enchanteur Miaulant, à la méchanceté duquel je devais cette triste métamorphose. Pour que je n'y fusse plus assujétie, le destin voulait que je trouvasse le moyen de faire tomber un de mes talismans dans les mains de cet enchanteur, par une tierce personne qui le forçât à s'en servir lui-même. Il n'est point mort, comme tu pourrais te l'imaginer; mais le destin l'a condamné, à son tour, à devenir chat, et à rester chat pendant cent ans. Tu vois qu'il aura le temps de miauler!... Tiens, le voilà qui passe sous cette forme. Vois-tu ce gros chat noir? Eh bien! c'est lui. Il s'arrête devant nous, comme il nous regarde! quels yeux il nous fait! va-t'en, gros vilain matou !

L'enchanteur-chat, à cet ordre supérieur auquel il ne pouvait résister, se sauva, en miaulant comme si on avait jeté sur lui de l'huile bouillante.

La fée redevint belle, jeune, brillante d'atours, et elle dit à Théophile, ainsi qu'à Déborah : Comme c'est à vous que je dois le bonheur de rester toujours telle que vous me voyez, je veux vous combler des marques de ma juste reconnaissance.

Il parut soudain un ballon enlevé par deux aiglons et portant une jolie nacelle dans laquelle nos trois amis se placèrent. Ils arrivèrent bientôt à la terre de Feu, chez le gouverneur auprès duquel Théophile eut le bonheur de retrouver sa mère-grand, que la fée avait transportée d'une manière magique. Les noces de Théophile et de Déborah se firent de suite avec la plus grande pompe, et ce couple heureux vécut longtemps riche, puissant, honoré de la protection de l'excellente fée Barbotte, qui ne les quitta plus que pour remplir les devoirs de son état de fée.

Telle fut, mes enfants, la récompense du respect pour l'âge et le malheur. S'il se fut moqué de la fée, comme ses camarades, le premier jour qu'il la rencontra, s'il ne l'eût pas aidée à sortir de son bourbier, elle ne l'aurait pas distingué, comme un bon cœur, comme un petit garçon sensible, humain et généreux.

Amis, rendons service chaque fois que l'occasion s'en présente.

Le Géant

PÉRIFÉRIGÉRILÉRIMINI.

Deux petites filles et leur jeune frère, nommés Suzette, Isaure et Charlot, demandèrent un jour à leur maman la permission d'aller se promener dans la grande rue. Je le veux bien, leur dit leur maman; mais c'est à condition que vous n'entrerez pas dans le bois qui est au bout; car vous savez, on vous l'a souvent dit, qu'il apparaît quelquefois, dans ce bois, un géant terrible, nommé Périférigé-rilérimini, qui emporte les petits enfants dans son antre sauvage, où il les mange. Prenez-y bien garde; vous me promettez de ne pas entrer dans ce bois dangereux.

Les trois enfants répondent ensemble : Oh! oui, maman.

La mère ajoute : Isaure, toi qui es la plus grande, je te recommande de veiller sur ton frère et ta sœur. — Oh! oui, maman. — Allez et ne soyez pas long-temps. — Oh! non, maman.

Tous les enfants disent toujours : *Oh! oui, maman : oh! non, maman*; mais ils sont disposés à désobéir. Ceux-ci firent comme les autres. Ils virent, de loin, le bois rempli de fraises et de roses de baie. Oh! les bonnes fraises, dit Isaure.

Oh! les belles roses! s'écria Suzette.

Moi, dit Charlot, je ne suis pas pour les roses, mais pour les fraises.

Isaure avait dix ans, Charlot neuf, et Suzette huit; ils étaient bien jeunes et gourmands, ah!

Ils entrent dans le bois; ils cueillent, ils mangent; et comme l'appétit vient en mangeant, ils s'enfoncent, sans s'en apercevoir dans l'épaisseur du bois. Un géant leur apparaît, un géant d'au-moins quarante pieds de haut, vêtu de feuillages, et portant une longue massue faite d'un chêne tout entier.

Nos enfants jettent un cri et veulent fuir; mais le géant qui parcourt vingt pieds par chaque pas qu'il fait, les a bientôt attrapés. Je suis friand de petits enfants, dit-il d'une voix de tonnerre : en voilà trois, c'est bon, ce sera pour mon dîner et mon souper.

En disant cela, il prend les trois enfants dans une main, les couvre de l'autre, comme s'il les mettait dans une boîte, et les emporte dans son antre, où il les enferme.

Tandis que Suzette se contente de pleurer amèrement, sa sœur Isaure et le petit Charlot font mille reproches au géant, lui disent cent sottises, et le menacent de le mordre, de l'égratigner, s'il ose les approcher.

Crois-tu que tu nous auras comme cela? dit Charlot, vilain borgne (le géant n'avait qu'un œil).

Charlot prend un couteau de trois pieds de long qu'il trouve sur une table; Isaure s'empare d'une paire de ciseaux de la même taille, et tous deux se préparent à une défense opiniâtre.

Le géant leur dit, en écumant de colère : Vous allez voir petits vermisseaux, si le géant Périféri-gérilérimini a peur de vous.

Il les prend, leur coupe le cou, les déshabille et les met sur le gril.

Pendant qu'ils cuisent, Suzette, mourant de peur, dit en feignant de sourire : Oh! monsieur le géant, j'espère bien que vous ne m'en ferez pas autant qu'à mon frère et à ma sœur?—Tout autant petite. Je vais dîner avec eux ; et, comme je mange peu le soir, je te servirai pour mon souper. — Oh! vous n'auriez pas cette barbarie. — Pourquoi? — C'est que je suis douce, moi ; je ne dis pas de sottises à personne, et je trouve tout naturel qu'un seigneur tel que vous, qui aime la chair fraîche des petits enfants, s'en régale, surtout quand ils ont mérité de mourir pour avoir désobéi à leur maman. — Ah! vous avez désobéi! — Moi un peu moins que mon frère et ma sœur. Je leur disais sans cesse : Prenez garde; vous pouvez être pris par le grand, le puissant, le très-haut seigneur Périférigérilérimini. Il peut être indulgent pour l'enfance, timide, douce, modeste ; mais, si vous lui manquez, si vous l'insultez, il vous croquera et il fera bien.

LE GÉANT, *à part*. Hom! cette petite fille est

très-poli, très-honnête. (*Haut*,) Tu n'as donc pas peur de moi.

SUZETTE. Pas la moindre peur. Eh! pourquoi me mangeriez-vous? Je ne vous ai fait aucun mal. Je n'ai pas pris des couteaux, des ciseaux, pour vous opposer une défense aussi ridicule qu'inutile; et, quand vous me croqueriez, vous n'en seriez guère plus gras.

LE GÉANT, *à part*. Elle a de l'esprit. (*Haut.*) Mais si c'est mon goût de manger les petits enfants?...

SUZETTE. Mangez ceux qui sont méchants; vous n'en manquerez pas : il y en a tant! Vous ne serez embarrassé que de savoir à quelle sauce les mettre.

LE GÉANT. Oh! je les fais rôtir; c'est meilleur.

SUZETTE. Je le crois; cela doit être tout-à-fait friand. Moi, je vous ferais un triste ragoût, je vous l'assure.

LE GÉANT. Pourquoi ?

SUZETTE. Je suis fade.

LE GÉANT. Non.

SUZETTE. Dure.

LE GÉANT. Point.

SUZETTE. Coriace.

LE GÉANT. Je n'en crois rien; mais, quoi qu'il en soit, tu t'y prends de manière à me désarmer; ta voix est si douce avec cela !

SUZETTE. Voulez-vous que je vous chante une petite chanson?

LE GÉANT. Volontiers; je ne suis pas du tout ennemi de la joie, moi.

Suzette lui chante deux couplets avec une grâce, un charme qui font sourire le barbare anthropophage. Quand elle a fini, il lui dit : C'est très-bien, mon enfant; la chanson est jolie et tu la chantes à merveille... Mais je ne reviens pas de ma suprise. Tout ce que tu dis, tout ce que tu fais, me prouve que je ne t'inspire réellement aucune terreur.

SUZETTE. Aucune. On peut contenter des goûts particuliers ; on peut être gourmand, friand, sans avoir pour cela un mauvais cœur, sans renoncer à la douceur de se montrer, parfois, humain, sensible, généreux et bienfaisant.

LE GÉANT. Tu as raison, ma jolie petite, et, pour t'en donner une preuve, je te rends la liberté, Sauve-toi, cours, et surtout garde-toi de rester long temps dans ce bois ; car tantôt, si mon appétit me revenait, je ne répondrais pas.... Va t'en ! — Grand merci, monsieur le géant.

Le géant Périférigérilérimini ouvre sa porte à Suzette, qui se sauve et a grand soin de ne pas regarder derrière elle, jusqu'à ce qu'elle soit chez sa mère.

Je ne vous peins point le désespoir de cette tendre mère, en apprenant la mort de deux de ses enfants. Mon but a été de vous prouver seulement que lorsqu'on est au pouvoir de plus fort que soi, la plainte, la violence, la menace nuisent plus qu'elles ne servent. Il y a toujours un moyen d'attendrir l'être le plus barbare. La résistance d'Isaure et de Charlot a courroucé le géant Périférigérilérimini ; l'esprit et la douceur de Suzette ont vaincu sa férocité.

L'Île de Cristal,

OU LE ROI IOIO.

   Il y avait jadis un bon roi qui faisait le bonheur
de son peuple et qui en était adoré. Son empire
n'était pas très vaste, mais il passait pour le plus
fortuné, et, par toute la terre, quand on voulait
parler du meilleur des princes, on citait le roi Ioïo.
Ce roi était veuf et père d'un fils qu'une bonne fée
avait doué, à sa naissance, de toutes les qualités
de l'esprit, de toutes les perfections du corps. Le
prince Fallace, ainsi qu'il s'appelait, était beau

comme l'Amour, jouait de tous les instruments,
dansait, montait à cheval avec la plus grande adresse,
et surpassait ses rivaux dans tous les exercices.
Son père, qui en était fou, craignant que les pas-
sions ne gâtassent un aussi beau naturel, s'était em-
pressé de le marier à la jeune princesse la plus ac-
complie. Cette princesse, surnommée Fleur de
Neige, pour désigner la pureté de son ame, était
prête à donner le jour à un fruit de son hymen,
lorsqu'arriva l'événement qui va faire le sujet de
cette histoire.

Sous un extérieur des plus séduisants, le prince
Fallace cachait un cœur affreux. Capable par lui-
même de tous les forfaits, il avait admis dans sa faveur et sa plus grande intimité deux courtisans
peut-être plus méchants que lui, et dont l'unique
occupation était de flatter ses penchants vicieux.
Carybde et Scylla (c'était les noms bien appliqués
de ces deux misérables.) voulaient parvenir aux
grandeurs, et, pour réussir, il n'y avait point de
mauvais conseils qu'ils ne donnassent au jeune
prince, déjà trop disposé à les écouter et à les
suivre.

Ne croyez pas, lui dirent-ils un jour, que le
peuple de Ioïo soit aussi heureux qu'on veut bien
le dire. Nous savons, par des rapports secrets et
sûrs, qu'il souffre de la faiblesse de caractère du
roi votre père, et qu'il fait mille vœux pour vous
voir monter sur le trône. Votre père est vieux ; il
n'a plus de tête ni d'énergie ; il se laisse conduire
par de vieilles têtes à perruques comme la sienne.
Eh ! que sera-ce, si la prédiction s'accomplit ? car
vous savez qu'une fée lui a prédit qu'il vivrait cent
vingt ans. Il n'est qu'à la moitié de cette longue
carrière, et quand il mourra, vous aurez quarante
ans de plus, ce qui vous fera soixante-douze ans.
Le bel âge, pour monter sur le trône ! peut-on

jouir alors des douceurs de régner ! à votre place
je hâterais cet heureux moment.

Fallace, qui devine ce qu'ils entendent par ces
mots. frémit et leur répond en hésitant : Comment?
et par quel moyen? — Ma foi, réplique Scylla, je
ferais mentir la fée. Nous vous sommes si attachés,
prince, que nous ne vous demandons que de ne
point nous troubler dans l'exécution d'un projet
que nous avons. — Quel projet? — Ne seriez-vous
pas content de régner? — C'est mon plus grand
désir ! quand je ne régnerais qu'un an, qu'un mois,
je meurs d'envie de régner. — Eh bien ! demain
vous monterez sur le trône qui vous est dû, et vous
l'occuperez longtemps ; car personne n'aura le droit
de vous le disputer. Mais, pour rendre vacant ce
trône occupé jusqu'à ce jour, nous pardonnerez-
vous, si?...

Le prince se retourne et sort, n'osant prononcer
ni un aveu, ni un refus.

Les deux courtisans se frottent les mains avec
joie, et se disent : Pour le coup, nous allons devenir ministres et tout-puissants, avec un jeune fat
de cette espèce que nous mènerons à notre gré.

Fallace avait placé Carybde et Scylla auprès de
son père, dont ils étaient les premiers valets de
chambre. Ces deux misérables, qui couchaient dans
la chambre du roi, se saisirent, pendant la nuit,
de ce malheureux prince, l'étranglèrent avec le
bandeau royal lui-même, et le portèrent, dans un
chariot bien couvert, à l'entrée d'un bois où ils
l'enterrèrent.

Ce crime commis, ils revinrent au point du jour,
mais par un orage épouvantable, pendant lequel
le tonnerre manqua vingt fois de les écraser. Cet
orage leur servit à couvrir leur atrocité. Ils pré-
tendirent que le vieux roi, ayant voulu aller chasser de grand matin, avec eux deux seulement, la

3.

foudre était tombée sur lui et l'avait réduit en
poussière, de manière à ne laisser aucune trace de
ses ossements.

Fallace fut aussitôt proclamé roi, et pour se donner un air intéressant, il feignit le plus violent désespoir, arracha ses vêtements, en prit de lugubres
et se refusa à prendre toute espèce de nourriture ;
on devine qu'il se dédommageait, la nuit, de l'abs-
tinence du jour, et qu'il faisait bombance, avec ses
deux complices, dans l'intérieur de son palais.
Fleur de Neige, profondément affligée, ne joua
point la douleur : la mort du roi, son beau-père,
lui fit verser tant de larmes qu'elle en tomba malade, et que l'on craignit pour ses jours. Fallace
l'aimait ; il lui prodigua les plus grands soins, et la
consola peu à peu, en pleurant avec elle la mort
d'un père, pour lequel, disait-il, il aurait donné sa
vie.

Ainsi ce barbare hypocrite feignait de regretter
un père qu'il avait......... Ne traçons point ce mot
horrible.

Pendant sa convalescence, Fleur de Neige devint
mère d'un petit prince charmant, qui réunissait
déjà la beauté de sa mère à celle de son père. Fallace, devenu roi de Ioïo, voulut appeler les fées à
la naissance de son fils ; mais aucune ne vint :
toutes connaissaient son crime et l'avaient en horreur.

Un mois s'était écoulé depuis la mort du bon roi
de Ioïo, qui aurait arraché des larmes de tous les
yeux, lorsque Fleur de Neige, parfaitement réta-
blie, voulut aller pleurer au pied du magnifique
tombeau que Fallace avait fait ériger à son père, à
l'entrée de la forêt, à la place même où l'on prétendait que le feu du ciel l'avait réduit en poudre.
Fleur de Neige exigea que son époux l'accompa-
gnât, et qu'il n'y eût seulement qu'eux deux qui

y allassent. Fallace demanda que Scylla et Carybde y vinssent aussi, et Fleur de Neige, quoiqu'elle n'aimât pas ces deux courtisans, y consentit pour plaire à son époux.

Ils s'acheminent tous les quatre vers le tombeau. Fleur de Neige s'y précipite en baisant, en arrosant de ses larmes le marbre glacé qui couvre la cendre du meilleur des pères et des rois. Tout à coup, la tombe s'ébranle, s'entr'ouvre, laisse échapper un objet qui prend des formes différentes, suivant les yeux qui devaient le regarder. Ah, mon ami, s'écrie Fleur de Neige, voyez-vous cette blanche colombe qui sort de ce tombeau, et prend son vol vers les cieux?

La blanche colombe n'avait pas paru telle aux yeux de Fallace; il avait vu un diable qui, le regardant avec des yeux de feu, semblait prêt à s'élancer sur lui. Pour Carybde et Scylla, ils n'avaient vu que deux épées flamboyantes qui étaient venues s'agiter sur leurs têtes comme l'épée de Damoclès. Au même moment, tous les arbres de la forêt paraissent dégoûtants de sang, pour ces trois derniers, et ils entendent autour d'eux d'affreux mugissements.

Pendant que Fallace, Carybde et Scylla sont saisis d'horreur, Fleur de Neige leur dit d'une voix douce : Quel prodige est-ce cela ? Je ne vois partout que des roses, des lys et des muguets. L'air en est embaumé; ces arbres mêmes sont tout couverts de fleurs ! — Retournons, lui répond Fallace d'une voix altérée, retournons au palais. Une méchante fée exerce sans doute ici sa puissance infernale. Reine, donnez-moi la main et sortons de ce lieu.

Fleur de Neige s'étonne que son époux parle de puissance infernale, car elle n'a vu qu'un lieu de délices. Ainsi tout s'embellit aux yeux de l'innocence, tandis que le plus beau jour devient une affreuse nuit pour le coupable.

De retour au Palais, Fleur de Neige rentre dans son appartement et le roi dans son cabinet avec ses deux complices. Quand ils furent seuls, Fallace dit . Je crois, mes amis, que le diable aux yeux enflammés me suit partout!

Ses deux confidents lui répondirent en tremblant : Ces deux épées flamboyantes sont toujours suspendues sur nos têtes! les voyez-vous? — Non. Et mon diable est-il visible à vos yeux? — Non, sire. — Il est pourtant là, là, qui fixe ses regards affreux sur toute ma personne.

Soudain un bruit singulier se fait entendre par la cheminée. Nos trois criminels restent interdits. Ils voient descendre de cette cheminée une foule de petits serpents qui entrent dans leurs bouches, pénètrent dans leurs gosiers et descendent jusque dans leur cœur. Une voix leur crie :

Je vous envoie la troupe dévorante des remords; ils ne vous quitteront plus.

Fallace, Scylla et Carybde se sentent enfin dévorer le cœur par des vers rongeurs, et ils éprouvent des douleurs affreuses.

Fallace s'écrie : Qui que tu sois, fée, enchanteur, démon, pardonne-moi; je ferai tout ce que tu voudras pour expier mon crime.

Carybde et Scylla, succombant à l'excès de leurs souffrances, quittent Fallace et le laissent seul.

Un perroquet, qui est en cage dans un coin du cabinet de Fallace, s'écrie : *Le parricide mourra.* —Quand? demande timidement Fallace. *Consulte ta pendule.*

La pendule du prince était à quantièmes, et ne se remontait que tous les dix ans. Il la regarde et lui dit : On prétend que je mourrai bientôt...... En quelle année?... dans quel mois?....quel jour?... à quelle heure?

À chaque question que lui fait Fallace, les aiguilles de la pendule, tournant rapidement, lui désignent l'année dans laquelle on est, le même mois, le même jour, à minuit.

Il tombe sans connaissance dans un fauteuil, et ne reprend ses sens que pour se rendre au dîner, où on l'avertit que Fleur de Neige l'attend. Il est souffrant, pâle, agité, et rejette cet état sur une indisposition; mais que devient-il lorsqu'il voit que tout se métamorphose sous ses doigts? Les mets de la table sont, pour lui seul, des lambeaux de chair humaine. Son vin est un fiel dont il ne peut supporter le goût. Tout se dénature. Il ne peut ni boire ni manger, tandis que sa vertueuse moitié trouve tout excellent, et l'engage en vain à toucher à quelques mets qui lui paraissent exquis.

Fallace ne peut tenir à cette situation. Il court au pied des autels; il supplie l'être de miséricorde ou de lui pardonner, ou de lui ôter la vie. Il revient chez lui un peu plus tranquille.

On lui dit qu'une princesse étrangère, dont la livrée et les voitures sont magnifiques, désire lui parler seul dans son cabinet. Il entre; il voit une dame brillante de jeunesse et d'atours, qui lui dit : Fallace, me connais-tu? — Non, madame. — Je suis la fée des Chouettes, que ton père appela lorsque tu vis le jour pour la première fois. J'eus la maladresse, lorsque je te douai de tous les agréments du corps et de l'esprit, d'oublier ton cœur. Je te laissai imprudemment dans l'état où la nature t'avait formé, et je ne pensai pas à le rendre meilleur. Aujourd'hui, cela m'est impossible; mais j'ai entendu tes vœux, tes cris, et j'ai eu pitié de toi. Tu as désiré le trône, ne fût-ce, as-tu dit, que *pendant un mois.* Ce mois est expiré. Tu vas cesser de régner. Ainsi, tu as commis un crime inutile; et quel crime, misérable!... Tu vas l'expier de mille manières, et tu mourras ce soir, à minuit... Tel est l'arrêt du destin. A moins que, par un repentir sincère, par une longue pénitence, par l'exercice de toutes les vertus, tu ne fléchisses la colère céleste. Par égard pour ta digne compagne, pour son fils, qui ne peuvent être victimes de ton forfait, on peut te laisser la vie; mais il faut la mériter par des épreuves sans nombre.

Parlez, madame, s'écrie Fallace, je suis prêt à tout. — Écoute: ce jour même, dès que l'étoile du soir brillera du côté de l'occident, du sortiras seul de ton palais; tu visiteras les sombres forêts, les vastes plaines. Tu entendras les éclats de la trompette guerrière, ou le son lugubre de la cloche des morts. Tu dirigeras tes pas de leur côté; et je tâcherai de faire le reste. Voilà un petit bouclier que je te donne: J'ai écrit dessus, avec ma baguette magique, *remords et repentir.* Tu ne t'en serviras que dans les grandes occasions. Adieu: Ne dis rien à la vertueuse Fleur de Neige; mais rends-toi digne de la revoir.

La fée disparut, et Fallace, ayant caché sur lui le petit bouclier, se sentit tellement soulagé que, se précipitant à genoux, il en remercia la Providence. Il se rendit ensuite auprès de sa femme, et lui dit : Madame, les intérêts de mon royaume me forcent à entreprendre à l'instant un voyage qui, je l'espère, ne sera pas long. Je vous remets mon sceptre, ma couronne. Gouvernez et régnez en mon absence, et priez le ciel qu'il me fasse réussir dans le plus saint comme dans le plus louable des projets.

Fallace embrasse en pleurant son fils, que sa mère nourrissait, et, sans répondre aux questions de cette dernière, il rentre dans son cabinet, se munit de son précieux talisman, descend dans l'immense parc du palais, et attend là que l'étoile du soir lui annonce l'instant de son départ.

Elle ne tarde pas à briller; Fallace se prosterne devant elle, fait sa prière et part.

Il marche toute la nuit sans rien voir, sans rien entendre. Le lendemain, il s'asseoit près d'une fontaine d'eau pure, au fond d'une épaisse forêt. Il s'y désaltère et s'endort. A son réveil, la nuit est des plus sombres. Il s'enfonce dans les taillis de la forêt, et bientôt il entend le sou de la trompette qui fait :

Ton ton, ton ton ; ton ton, ton ton, tontaine ton ton, tontaine ton ton.

Fallace s'écrie : Enfin, je vous entends, trompette éclatante, qui êtes sans doute celle du jugement dernier !

La trompette répond : Ton ton, ton ton ton, ton ton ton, ton ton ton !

Où êtes-vous ? De quel côté ? Qui vous fait ainsi m'appeler ?

Tontaine, tontaine, tontaine, ton ton.

Est-ce un génie, est-ce un démon, qui tire vous ces sons bryan s?

Tontaine ton ton, tontaine ton ton, tontaine ton ton, ton tontaine ton ton.... ton ton ton ton tontaine, tontaine ton ton.

Fallace court du côté où il l'entend ; mais elle se tait, et il s'enfonce dans les bruyères qui lui déchirent les jambes jusqu'aux genoux. Il suit toujours la même direction.... Quel est son étonnement quand il entend, derrière lui, le bruit d'une chasse, de chiens qui aboient, et le son de la même trompette du coté opposé à celui où il l'a entendu d'abord !... Il se retourne, et il voit briller, près de lui, les yeux perçants d'une foule d'animaux féroces, qui veulent l'empêcher d'aller vers la trompette. Ces tigres, ces lions, ces panthères rugissent et s'apprêtent à le dévorer. Fallace pense soudain à son petit bouclier; il le met à son poing et le montre à ces bêtes fauves qui toutes se sauvent dans les bois.

Il marche alors vers la trompette; mais elle a changé encore de place. Elle se fait entendre à présent du côté du nord et très-faiblement. Il faut qu'elle soit à une lieue! Comment pourrai-je la suivre, se dit-il, si elle voyage ainsi dans tous les sens?

Elle se tait; mais un autre phénomène fixe l'attention de Fallace. Le son lugubre d'une cloche fait entendre tout près de son oreille « din!.. din!.. din!.. »

Une foule de petites clochettes font ensuite toutes à-la-fois: « Dindi dindin, dindi dindi, dindi dindin, dindi dindin, etc. »

Fallace se croit près d'une église de village. Cependant, malgré l'obscurité, il voit un ange, tout noir jusqu'aux ailes, qui, frappant sur un beffroy, conduit à pas lents une bande d'ombres de tout sexe, de tout âge, enchaînées toutes par de grosses chaînes dont il entend le bruit. Il voit ces mots écrits en lettres de feu dans les airs:

« L'ange de la mort conduit aux enfers les ames de tous les criminels qui ont versé le sang de leurs semblables... Fallace, ta place est au milieu. »

Il remarque en effet une place vide dans la chaîne de ces misérables, et il frémit en pensant que c'est la sienne.

Aussitôt ces ombres s'arrêtent, menacent Fallace, détachent leurs chaînes, et veulent l'en envelopper.

Fallace leur montre son bouclier, en s'écriant: « Remords, repentir. Grâce! grâce!

La terre s'ouvre; toutes les ombres s'y engloutissent; toute espèce de charme disparaît. Une lueur douce s'élève du côté de l'orient, et Fallace voit s'avancer vers lui une belle femme, vêtue de noir et de blanc, portant vers ses lèvres un cœur d'or qu'elle baise sans cesse. Fallace craint que ce soit un nouvel enchantement. Il tourne son bouclier vers elle; mais la belle femme, souriant et s'avançant plus près, lui dit : Ne crains rien de moi : je suis la Pitié, et l'on m'envoie vers toi pour adoucir tes remords, pour mettre à profit ton repentir. Suis-moi.

Fallace marche; les ronces, les épines, les bruyères, tout s'écarte ou disparaît sous ses pas. La route est unie, facile et couverte de fleurs. Le soleil se lève, ajoute aux charmes des sites délicieux qui s'offrent à ses regards, et sa conductrice, le prenant par la main, le fait détourner par un petit chemin qui les mène, en vingt pas, sur le bord d'une rivière limpide.

Fallace voit devant lui, au milieu de cette rivière, une île toute en cristal, sur laquelle les rayons du soleil réfléchissent et font briller des milliers de rubis, des feux de toutes les couleurs.

La Pitié disparaît alors et laisse Fallace contempler ce superbe tableau.

Au sein de cette île est un palais, de cristal aussi dont l'architecture et magnifique. Comme on peut distinguer, à travers, tout ce qui s'y passe, Fallace voit une foule de peuple qui entre dans le palais, en effeuillant des fleurs, en brûlant de l'encens. A la suite de cette multitude, on apporte un trône que l'on place sous le portique du palais, et.....
Fallace peut-il en croire ses yeux? Son père lui-même, le vertueux roi de Ioïo, porté sur un palanquin, est déposé sur ce trône, au pied duquel

4

tout le monde se précipite avec l'attitude de la plus grande vénération.

Mon père! s'écrie Fallace, ô mon père! pardonnez à votre fils!

Le vieux roi lui répond, et sa voix parvient bien à son oreille : Fils ingrat, dénaturé! oses-tu implorer le pardon d'un père que tu as si cruellement outragé? — Mon père! de vils courtisans avaient égaré ma jeunesse. Pardonnez-moi, mon père! je meurs là si vous ne me pardonnez. — Ton repentir est il sincère? — Je donnerais ma vie pour vous le prouver.

La fée des Chouettes se présente à côté de Fallace, et lui montrant un livre ouvert, elle lui dit : Voilà le livre du destin. Ton père devait vivre cent-vingt ans, toi quatre-vingts. Si tu te repents ajoute ici quarante de tes années à la carrière que ton père a encore à parcourir. — Oh! bienfaisante fée! donnez-moi la plume. — Prends garde, tu n'auras plus que dix-huit ans à vivre. — Que je meurs à l'instant, s'il le faut, pour que mon père passe deux siècles!

Fallace signe, sur le livre du destin l'abandon de la moitié de son existence pour prolonger celle de son père, et soudain tout change à ses regards. Fallace se trouve dans son palais, dans son cabinet : son père le serre dans ses bras, et la fée lui dit · Fallace, j'ai sauvé ce bon roi des mains de ses deux assassins! tout ce que tu as vu s'est fait par mon ordre; mais ce qu'il y a de réel, c'est que je t'ai sauvé ton père et que je te le rends. — Et moi, répond Fallace, je lui rends sa couronne, heureux de la déposer aux pieds d'un être que mon crime et sa bonté me rendent désormais si cher! Mais ces deux misérables Carybde et Scylla, où sont-ils que je les fasse punir.

La fée réplique : Quoique tu n'aies pas quitté,

depuis deux jours, ton cabinet, où se sont opé-
rées toutes les merveilles que tu as cru voir, ces
scélérats, te présumant absent, se sont imaginés
être assez forts pour te ravir ton sceptre et ta couronne; en immolant Fleur de Neige; mais, au
moment où ils allaient la frapper d'un fer homi-
cide, je leur ai envoyé deux tigres furieux qui les
ont dévorés aux yeux même de la princesse. La
voilà, elle te certifiera cet événement.

Fleur de Neige entre, se précipite dans les bras
du bon vieux roi, en remerciant la fée de le lui
avoir conservé; puis, s'adressant à son mari, elle
lui dit : Te voilà enfin réveillé, mon ami! tu as
dormi deux jours et deux nuits. J'ai ordonné que
l'on respectât ton sommeil; mais tes deux misérables confidents en auraient bien profité sans ces tigres que madame... — Je le sais, ma chère et tendre épouse, répondit Fallace; mais ne nous occu-
pons que du bonheur de revoir un père dont le
retour et le pardon généreux ne sont pas trop payés
de la moitié de ma vie! — Cela, reprend la fée,
n'était encore qu'une illusion. Le ciel et ton père
n'exigent pas de toi un pareil sacrifice. Vous vi-
vrez tous deux le nombre d'années que la Providence voudra bien vous accorder, et vous servirez
de modèles de tendresse paternelle et filiale. Fallace, souviens-toi toujours que, quelque coupable
qu'on soit, les remords et le repentir désarment la
colère céleste.

Fallace ne l'oublia jamais.

La Belle toujours filant.

—

Il y avait une fois un roi et une reine qui faisaient, ainsi que le souverain de Ioïo dont nous
avons lu l'histoire, le bonheur de leurs sujets, des-
quels ils étaient adorés. Tout le monde, sous leur
empire était heureux, excepté eux. Livrés à d'é-
ternels regrets, depuis un malheur arrivé dans
leur famille et que nous connaîtrons plus bas, ils
passaient à gémir, à pleurer, les moments qu'ils ne
donnaient pas aux affaires publiques: aussi la joie,
dans leurs états, habitait les chaumières, tandis
que la tristesse, assise sur le trône, empêchait ces

bons princes de jouir de la félicité générale dont ils étaient les auteurs.

Un jour, on leur annonce l'arrivée d'une ambassade extraordinaire. C'était, disait-on, le fils du roi des mines d'or qui venait leur communiquer quelque chose de très-important. Le roi et la reine s'étant assis sur leur trône, ordonnèrent qu'on introduisit à l'instant ce prince avec les cérémonies d'usage.

Tous les appartements du palais se remplirent aussitôt d'étrangers de belle et haute stature, portant des manteaux pailletés d'or et des casques couverts de plumes d'oiseaux de paradis, ornés chacune d'une vingtaine de petits grelots d'or aussi, qui faisaient un cliquetis des plus agréables.

Au milieu de cette foule, on vit s'avancer un jeune homme de vingt-ans au plus, beau comme Apollon, et vêtu avec une richesse inimaginable : son casque était surmonté de hautes plumes en filigranes d'or de la plus grande finesse et travaillées avec une délicatesse qui annonçait l'ouvrage des fées plutôt que celui des hommes. Du milieu de ces plumes sortait une aigrette de diamants dont le plus petit était gros comme le bout du pouce, et autour du casque étaient suspendues des petites clochettes d'or si artistement faites que, formant plusieurs tons de musique, elles faisaient entendre, quand le prince marchait, une harmonie céleste qui semblait être celle des anges.

Ce jeune prince salua le roi, la reine et leur dit: Illustres souverains! vous avez sans doute entendu parler de la terre aux mines d'or, qui forme un royaume considérable du côté du Potose; le bruit de la beauté extraordinaire de la princesse votre fille étant parvenu jusqu'à cet empire éloigné, j'ai supplié mon père de me permettre de vous demander sa main, et je viens dans cette intention.

A ces mots la reine perdit connaissance, et l'on fut obligé de l'emporter. Le roi, plus ferme, se contenta de verser quelques pleurs et de répondre au jeune prince : Hélas! oui, j'avais une fille; mais elle est perdue pour moi, pour vous, pour l'univers. Entrez avec moi, seul, dans mon cabinet, prince, et je vous raconterai la chose la plus extraordinaire que vous ayez jamais ouïe.

Le roi et le prince se trouvant ensemble sans témoins, le roi prit ainsi la parole :

Nous avions en effet une fille unique, belle comme le jour et vertueuse comme sa mère. Pleine de grâces et d'attraits, elle possédait tous les talents; elle faisait notre gloire, notre espérance, comme nous nous efforcions de faire son bonheur. Une seule chose nous affligeait en elle; c'est que, sans afficher une fierté ridicule, elle refusait tous les partis que nous lui présentions, et le croirait-on? c'était la beauté, le rang et la fortune qu'elle refusait le plus obstinément. Elle prétendait que tout cela ne faisait point le caractère, auquel elle attachait le plus d'importance, et on lui aurait offert la main du plus beau jeune homme, la vôtre par exemple, prince, qu'elle vous aurait refusé avec plus d'éloignement que si vous eussiez été moins bien fait. Nous désespérions de pouvoir jamais l'établir lorsqu'il arriva un événement qui la punit bien cruellement de ses refus opiniâtre, et qui nous plongea dans une douleur et dans des regrets éternels.

« L'enchanteur Mordicus, le plus beau, mais en même temps le plus méchant des enchanteurs, vit par malheur notre fille, et en devint éperdument amoureux. Cet enchanteur, qui possède des trésors immenses, nous la demanda en mariage. Nous lui répondîmes qu'il aurait notre consentement s'il pouvait obtenir celui de notre fille. Il lui parla de son amour : mais, quoiqu'il eût cinq pieds huit pouces, la plus belle figure, la jambe la mieux faite, la princesse, après l'avoir longtemps examiné d'un air indifférent, le refusa net, et, se jetant dans nos bras, nous déclara, en versant des larmes de sensibilité, qu'elle ne voulait ni se marier, ni nous quitter.

« L'enchanteur se retira furieux, murmurant entre ses dents qu'il saurait bien se venger d'une pareille insulte, et il quitta ma cour à l'instant même.

« Nous nous félicitions de nous en avoir débarrassés, lorsque le lendemain même, la princesse notre fille étant allée embrasser sa mère nourrice, qui était un peu malade, fut bien étonnée de le voir paraître devant elle. Il faut savoir que la nourrice de ma fille habite la première maison du petit hameau qui est au bout du parterre de mon parc. Ma fille, étant entrée chez elle et la trouvant au lit, voulut lui tenir quelques instants compagnie. En conséquence, la jeune princesse prit le rouet, le fuseau de la bonne femme, et se mit à filer près du lit en causant avec la malade. Notez qu'elle avait bien fermé la porte d'entrée pour n'être pas surprise, dans ce pieux devoir, par des curieux indiscrets.

« Tout-à-coup une grande cruche de grès, qui était dans un coin de la cheminée, se brise en morceaux ; l'enchanteur en sort et s'écrie : Fille insensible et hautaine, persistes-tu dans ton refus de m'épouser? — O ciel! s'écrie ma fille, plus que jamais. — Eh bien! dès ce moment, tu fileras jusqu'à ce que ton cœur devienne sensible, et que ta bouche ait dit à quelqu'un ces mots si doux : je vous aime! tu fileras, sans t'interrompre, sans discontinuer, et jour et nuit, dans cette maison, dans cette chambre même, où tout restera dans l'état où je le trouve, jusqu'au moment où ton cœur de rocher saura enfin s'attendrir.

« Il disparaît, et, depuis ce fatal moment. ma fille est là , au chevet du lit de sa nourrice, filant, filant continuellement. Quand elle allonge le fil de la main droite, la pelotte de chanvre se fournit d'elle-même à l'autre côté du fuseau, et la princesse est clouée au plancher, où son pied droit a seul la faculté de se lever, de s'abaisser pour faire tourner son rouet. Elle ne mange ni ne boit; ni ne dort, et depuis deux ans. elle est dans cette pénible situation qui ne finira qu'avec sa vie; car nous lui avons présenté des partis qu'elle a toujours refusés, et nous n'avons trouvé personne qui ait le pouvoir de rompre le charme dont elle est la victime. »

Le jeune prince témoigna le vif désir qu'il avait de voir, de consoler cette infortunée princesse. et et le roi espérant encore que la vue d'un si beau garçon ferait quelque impression sur le cœur de sa fille, s'empressa de le conduire à la maison de la nourrice où la belle était condamnée à filer éter-nellement.

Combien de choses singulières frappèrent les yeux du jeune prince, avant même qu'il entrât dans la chambre de la nourrice!

D'abord une jeune fille de basse cour tirait con-tinuellement l'eau d'un puits, besogne à laquelle elle était occupée au moment de l'arrivée de l'en-chanteur, et, semblable aux Danaïdes, cette jeune fille vidait son seau dans la cour, le remplissait de nouveau, et ne faisait que cela, jour et nuit, de-puis deux ans, sans se plaindre et même sans se fatiguer.

Les poules becquetaient continuellement dans un tas de fumier. Un gros chien aboyait sans relâche, aussi depuis deux ans, et un chat jouait encore avec la souris vivante qu'il venait d'attraper au moment du terrible anathème lancé par l'enchanteur Mordicus.

Dans la cuisine un poulet à la broche tournait toujours, sans se cuire plus qu'il ne l'était lors de l'entrée de l'enchanteur. Une horloge de bois faisait entendre son monotone *coucou*, et un serin, dans sa cage, étourdissait les voisins par son continuel ramage.

Le roi ayant donné à sa malheureuse fille une dame de compagnie qui ne la quittait jamais, cette dame vint recevoir le souverain et le prince des mines d'or à la porte de la chambre où filait sa maîtresse. En entrant dans cette chambre, le prince vit, dans un lit, la nourrice de la princesse, qui y gisait depuis deux ans sans être ni plus ni moins malade qu'avant la triste visite de l'enchanteur. La princesse assise au chevet de ce lit, filait, filait, et ne put que faire un signe de tête pour saluer son père ainsi que l'illustre étranger qu'il lui amenait.

On entra en conversation. Le jeune prince dit son nom, sa qualité, détailla ses richesses, et finit par supplier la Belle fileuse de lui accorder sa main. La Belle le regarda avec attention, fit un mouvement de tête en signe de refus, et se remit à filer. Ce fut en vain que le prince et le roi insistèrent. Le roi alla jusqu'à lui reprocher de faire son malheur et celui de sa famille par une obstination insensée. La Belle persista dans son refus, et le roi la quitta en colère; lui jurant qu'il ne la reverrait plus

Est-ce que cette Belle ne parle jamais? lui demanda le prince en s'en retournant. — Pardonnez-moi, lui répondit le roi. Elle ne fait que parler, causer avec sa nourrice, et si c'est la seule consolation que lui ait laissée l'enchanteur, je vous assure qu'elle en profite amplement, car elle ne cesse pas de parler ; mais je vous l'avais annoncé, vous êtes trop bien fait pour avoir mérité plus qu'un simple refus par signe. Je l'ai juré, je ne la reverrai plus !

Le jeune prince, désolé d'avoir éprouvé une pareille mortification, à laquelle il ne s'attendait pas, prit congé du roi et de la reine, et retourna dans ses états. Revenons à la Belle fileuse.

Aussitôt que le roi et le prince eurent quitté sa chambre, sa nourrice lui dit avec humeur : Avez-vous perdu le sens, mon enfant de refuser un aussi beau jeune homme? vous ne l'avez donc pas regardé? — Pardonnez-moi, ma bonne ; je l'ai bien examiné, et ce sont justement toutes ses perfections qui m'ont effrayée. — Vous en revenez toujours à vos anciens préjugés! — Il me les rend plus forts que jamais. Ne voyez-vous pas qu'un aussi beau jeune homme, ainsi que vous le désignez, est vraiment le chef-d'œuvre de la création? qu'il doit le savoir ? que s'imaginant être ce qu'il y a de plus beau au monde. il ne peut aimer que lui, regardant tous les autres comme bien au-dessous de lui? que sa femme serait là pour l'admirer, pour l'entendre se vanter, pour le voir se mirer? et, ce qui serait le comble des chagrins pour cette malheureuse épouse, c'est qu'il aurait de trop justes motifs pour en agir ainsi. Il n'a pas fait sur mon cœur la plus légère impression, et je l'ai regardé comme on voit un beau ballon dont le fond n'est que du vent. Je n'ai dans tout cela qu'un regret bien douloureux; c'est de ne pas finir aussi vite le cruel enchantement qui vous tient clouée dans ce lit de fatigue et d'ennui! Hélas! si vous le désirez, ma bonne, qu'on rappelle le prince, je l'épouserai.

La nourrice, émue jusqu'aux larmes, se hâte de lui répondre : Que dites-vous là, ma chère enfant ! ne savez-vous pas que votre bonheur m'est plus précieux que le mien propre? vous voir heureuse est tout ce que je désire, et, quelque tard que vous le soyez, je ne me plaindrai jamais que vous ayez prolongé un état auquel, grâce au ciel d'où nous vient la patience, je suis maintenant accoutumée. Choisissez un mari suivant votre cœur, et ne vous inquiétez pas de votre plus tendre amie : mon sort est encore digne d'envie, puisque je vous possède sans cesse près de moi.

La dame de compagnie vint annoncer qu'un monsieur Ribosco désirait parler à la nourrice. Qu'est-ce que c'est, demanda la princesse, que ce monsieur Ribosco, qui porte un si drôle de nom ? — C'est, lui répondit la nourrice, un vieux garçon à qui mon frère a loué, en mon nom, il y a trois mois mon rez-de-chaussée, qui donne sur le jardin. Vous ne vous rappelez pas que mon frère est venu me demander mon agrément pour cette location? vous étiez là. — Oh! oui, je m'en souviens; je crois bien que j'étais là ! — Il veut sans doute me payer son terme. Permettez-vous que je le fasse entrer? — N'êtes-vous pas chez vous, ma bonne? — Oh! si vous n'aimez que les gens mal faits, celui-là vous plaira. Je ne l'ai jamais vu, comme vous le savez; mais on dit que c'est l'être le plus disgracié de la nature qu'on connaisse.

Ribosco entre; c'est un petit homme chauve, boiteux, bancale, borgne, bossu, et qui a la figure sablée de grains de la petite vérole, qui l'a totalement défiguré. Il salue et dit : Qui de vous deux, mesdames, est la bonne, l'obligeante hôtesse à qui je dois payer mon terme?

On lui montre la nourrice; il lui donne de l'argent; puis, passant devant la Belle fileuse, il met un genou en terre en lui disant : Puissé-je, avant de mourir, voir finir les maux d'une aussi belle et intéressante princesse, dont on m'a raconté l'histoire! et puisse être pris, un jour, dans ses propres filets, le méchant enchanteur qui a causé tant de malheur !

La Belle qui ne l'avait pas encore regardé jette les yeux sur lui, se retourne en faisant un signe d'horreur, et s'écriant : Ciel! quelle figure!

Ribosco feint de ne pas entendre cette humiliante exclamation. La nourrice lui dit : Comme vous parler de l'enchanteur, M Ribosco! prenez garde; s'il vous entendait!.... — Oh, madame! je suis un sujet trop bas, trop indigne de sa vengeance. Ces sortes de gens n'en veulent qu'aux personnes belles, nobles et riches. D'ailleurs, que me ferait-il? Pourrait-il me rendre plus laid que je suis? Je l'en défierais ! — Laissons cela. Pourquoi m'appeliez vous, tout-à-l'heure, bonne, obligeante hôtesse? Vous ne me connaissiez pas avant cette démarche. — Je vous connaissais par vos bienfaits. Du moins, M. votre frère m'a dit que c'était par votre ordre qu'il avait rendu mon logement commode au point où il l'est. J'aime à peindre, à faire de la musique. Vous avez rendu le jour de ma chambre plus beau, la voûte de mon cabinet de musique plus sonore; et ce que je puis désirer en embellissements, je l'obtiens toujours à l'instant.

La Belle fileuse lui dit : sans oser le regarder, tant il lui paraît affreux : Vous cultivez les arts? Vous avez donc été bien élevé? — On ne le croirait pas, belle princesse; mais tel que vous me voyez, je suis le fils d'un roi, d'un roi détrôné, il est vrai. Mon père, Ribosco de Malarida, possédait un empire considérable dans les Indes. Trahi par des courtisans, chassé de ses états par des hordes de sauvages, il m'emmena, tout petit, en Europe, où j'eus le malheur de le perdre, mais je possède des titres qui constatent ma haute naissance; c'est tout ce qu'il m'en reste !... — Le roi, votre père, vous a-t-il laissé de la fortune? — Assez pour me faire exister sans le secours d'autrui. Il avait emporté, des Indes, des trésors immenses, en diamants, en perles, en bijoux. Ces trésors, je les ai encore, et j'en pourrais profiter pour vivre en grand seigneur, si j'avais plus d'ambition. — Pourquoi n'avez-vous pas cette ambition . puisque vous pouvez la satisfaire? — Princesse, je ne connais qu'un état qui rende complétement heureux dans la vie; c'est celui qui n'oblige ni à commander aux autres, ni à en être commandé : avoir assez pour soi, assez encore pour secourir l'indigence, c'est la seule fortune désirable pour le sage, et c'est la mienne. — Mais que faites-vous de ces trésors? — Ils sont dans un grand coffre où je ne les regarde jamais. Je me contente de penser que, si je trouvais une femme qui daignât prendre pour mari un magot tel que moi, je me ferais un bonheur de les mettre à ses pieds. — Vous présumez alors que l'intérêt seul pourrait décider une femme à vous épouser, et croyez-vous qu'elle vous aimerait, si elle n'était guidée que par ce vil sentiment? — Je ferais mes efforts pour m'en faire au moins estimer. Me comparant avec ma compagne, voyant en elle la divinité même, appréciant en outre l'énorme sacrifice qu'elle m'aurait fait en m'épousant préférablement à tout autre, mon unique occupation serait de voler au-devant de ses moindres vœux, de la chérir, de l'adorer; et, si elle pouvait deviner ce cœur qui bat sous cette vilaine enveloppe, elle finirait par s'habituer un peu à ma laideur.

La princesse le regarde encore une fois, et avec un étonnement tel qu'une vive rougeur couvrit subitement les joues du modeste Ribosco. La prin-

cesse en fut surprise, et Ribosco, craignant d'être
importun, se hâta de se retirer, après avoir fait ses
adieux avec la plus grande politesse.

Sur le soir, une musique se fit entendre exté-
rieurement à la porte de la chambre de la Belle
fileuse. C'était une voix des plus gracieuses qui
chantait une romance accompagnée des sons mé-
lodieux d'une harpe. Qui chante à cette porte?
demanda la princesse.

On lui répondit : C'est Ribosco.

Quelle charmante voix! continua la Belle, et
que sa romance est touchante! Je voudrais bien
l'apprendre. Dites à Ribosco qu'il entre. Ma bonne,
permettez-vous qu'il me chante ici sa romance?
—Très volontiers, mon enfant, quoique cet homme-
là ne soit pas dangereux pour votre cœur; car, il
a beau avoir des talents, il est trop laid aussi!

Ribosco entre timidement en portant sa harpe.
On m'a appris, dit-il, que la princesse daignait
me permettre de lui chanter ma romance, mais je
la conjure de souffrir que je lui tourne le dos, de
peur qu'en voyant mon affreuse figure, elle prête
moins d'attention à une chose que j'ai composée
tantôt pour elle.

Il se met derrière la Belle et chante. Quand il a
fini, la princesse s'écrie : On n'a pas une voix plus
tendre, plus pure; elle va à l'ame. Oh! apprenez-
moi tout de suite cette charmante romance. — A
l'heure qu'il est, je n'oserais; il est bien tard.
Princesse, vous avez peut-être besoin de repos?
— Oubliez-vous, Ribosco, qu'il n'est plus pour
moi, pour ma bonne nourrice, de repos, ni jour
ni nuit? Nous ne prenons aucune espèce de nourriture, et nous veillons, elle et moi, la nuit comme
le jour, sans que cela même nous rende malades.
Une cruelle vengeance m'empêche en outre de
quitter, une seconde seulement, ce fuseau, ce

chanvre et ce rouet. — Permettez-moi de vous dire que c'est votre faute. On vous a présenté des partis sortables, et.... — La.., la romance, s'il vous plaît; à moins que vous ne vouliez vous reposer. — Oh! belle princesse, je passe les nuits très-facilement. Ne m'enviez pas, celle-ci, le bonheur de vous être agréable.

La belle apprit la romance. Elle exigea que Ribosco laissât sa harpe chez elle, et, toutes les nuits, il vint lui faire de la musique, ce qui donna quelque diversion aux regrets de la princesse.

Ribosco, qui dormait une partie de la journée, employait l'autre à peindre. Il avait fait son portrait, et, pour donner à la belle une idée de son talent en ce genre, il le lui apporta. Pardon, lui dit-il, si j'ose doubler à vos regards un si laid personnage, mais c'est une mortification de plus que le ciel me force d'essuyer, et que je subirai avec résignation.

La belle compara le portrait avec l'original, et lui dit : Vous n'êtes pas beau, sans doute, Ribosco ; mais vous vous êtes encore enlaidi. — Princesse, cela est-il possible? — Cela est. Vous n'avez pas mis dans ces yeux-là tout le feu, tout l'esprit qui brillent dans les vôtres. Ce nez est trop écrasé, vous l'avez moins mal. Ce front, comme il est bas ! le vôtre est plus noble. En un mot, si vous avez fait ce portrait par coquetterie, pour vous faire trouver moins laid que lui, vous avez réussi. N'est-il pas vrai, ma bonne?

La nourrice trouva aussi que Ribosco était mieux que son portrait. La Belle voulut avoir le sien à son tour, et Ribosco se mit à l'ouvrage. Pendant les séances qu'elle fut obligée de lui donner, elle eut lieu d'admirer l'esprit, les sentiments nobles, délicats, les manières distinguées et franches qu'il sut déployer dans la conversation. Il lui donna sur sa naissance, sur sa famille, tous les rensei-

gnements qu'elle désira, et la société du plus mal
fait de tous les bossus devint bientôt indispensable
à la fière et dédaigneuse princesse.

Un soir qu'il lui parlait avec feu, elle ne put
s'empêcher de tourner sa tête vers sa nourrice, en
s'écriant : Convenez, ma bonne, qu'il est bien aimable.

La nourrice ne répond pas, contre son ordinaire,
la Belle s'aperçut que la bonne femme s'était en-
dormie pour la première fois depuis près de trois
ans. Quel prodige dit-elle : elle dort!... Et moi-
même, mes yeux s'appesantissent... mes doigts
quittent le fuseau... Je... je perds connaissance.

Elle s'endort à son tour.

Ribosco, enchanté de cette faveur du ciel, recommande sa chère princesse aux soins de la dame
de compagnie, et se retire chez lui.

Le lendemain matin, nos deux femmes se ré-
veillent en même temps, et soudain le fuseau revient se placer sous les doigts de la Belle, qui voit
ainsi avec douleur que son supplice n'a été sus-
pendu qu'un moment. Elle file, file, file de nouveau.

Ah, ma bonne! dit-elle, quel bonheur d'a-
voir dormi! Mais pourquoi faut-il que ce précieux
sommeil ait été troublé par un songe des plus sin-
guliers? J'étais dans le palais du roi, assise sur le
trône à la place de ma mère, et j'avais auprès de
moi, au lieu de mon père (le croirait-t-on? Ribosco! oui, Ribosco lui-même. Il était mon époux,
roi de nos états, il dictait, du son de voix le plus
sonore, des lois qui semblaient à tout le monde
aussi sages que propres à faire le bonheur de ses
peuples. D'autres souverains venaient le consulter
sur l'art de régner, et tous ne le quittaient qu'en
s'écriant : « Oh! le bon roi! Oh! le grand roi!

Quoi! dit la nourrice, Ribosco était sur le trô-

ne ! avec sa vilaine forme ? — Avec sa vilaine forme. Cependant elle semblait annoblie sous la pour-
pre et la couronne dont il était décoré, et cette
couronne, bien plus brillante que celle de mon
père, jetait un éclat si vif que j'en étais éblouie.
— Ah ça, confidence pour confidence : j'ai rêvé
aussi, moi. Je n'étais plus dans ce lieu, mais dans
un jardin délicieux, un véritable paradis terres-
tre. Ribosco y était aussi, et recevait là les hom-
mages d'une foule d'êtres aériens, qui chantaient,
ah ! comme si c'était la musique des anges. Tout-
à-coup des fanfares se firent entendre. Vous pa-
rûtes, brillantes d'attraits et d'atours. Portée en
triomphe sur des coussins de roses, vous en des
cendîtes : puis, posant une couronne d'or sur la
tête de Ribosco, vous me dites : Ma bonne, voilà
mon époux. Tout le monde s'écria : « Lui seul mé-
ritait de l'être, et le charme disparut ; je me ré-
veillai.
La Belle réfléchit, et dit : Ma bonne, que signi-
fient ces deux songes ? — Le vôtre veut dire que
vous aimez Ribosco, malgré son extrême laideur.
— Il est certain que je ne la trouve plus si repous-
sante qu'autrefois ; mais que je l'aime, ma bonne,
cela est-il présumable ? Moi, je préférerais à tous
ceux que j'ai refusés, un homme affreux de stature, sans fortune, sans état ! — Il est fils de roi ;
sa naissance...
La nourrice n'a pas le temps d'achever : la porte
s'ouvre, et l'on voit entrer Ribosco à la tête d'une
douzaine d'Indiens richement vêtus. Lui-même est
habillé magnifiquement à la mode de son pays, et ce
riche habillement dissimule une grande partie de
ses imperfections. Je vous demande, dit-il, belle
princesse, pardon si j'ose vous présenter des étrangers. Ils arrivent des Indes, et m'apprennent que
les peuples de mon père redemandent le fils de

leur roi pour le couronner. Je pars à l'instant, pour régner sur des amis plus que sur des sujets (vous connaissez mes principes là-dessus, nous en avons assez causé), et je n'emporte qu'un seul regret, c'est d'être privé à jamais du bonheur que je goûtais à vous offrir des consolations dans la malheureuse position où vous a mise une injuste vengeance. Je ne vous demande que la faveur d'emporter votre divin portrait. — Si je vous le donnais, je vous prierais de me laisser le vôtre; mais, prince, vous ne partirez point. — Il le faut, princesse; le bonheur d'un grand peuple réclame ma présence, et j'aurais à me reprocher de laisser mettre à ma place un autre roi, qui pourrait être un tyran pour ce bon peuple. Adieu, madame.

Il s'éloigne. La belle le rappelle : Ribosco! — Que me voulez-vous?

Il tombe à ses genoux, et lui prend une main qui se détache si facilement de son ouvrage, que le fuseau tombe par terre. Ribosco, continue la Belle, si vous voulez absolument régner, il y aurait ici une ... une couronne.... — Laquelle, madame? — O ma bonne, suis-je assez faible! vous m'entendez mieux que lui.

Ribosco se relève, et dit : Il est temps de vous quitter, Madame; plus tard, je ne le pourrais..... Non, vous ne devinerez jamais ce que je souffre. — Et moi, Ribosco, je souffre horriblement aussi! — Quelle en est la cause? — Eh, Ribosco, c'est que je vous aime!

A peine a-t-elle prononcé ces mots, que le fuseau, le rouet, le lit de la nourrice, tout disparaît. La bonne nourrice est sur ses pieds, pleine de santé, et regardant, tout ébobie, ce qui se passe. Ribosco n'est plus Ribosco; à sa place, on voit le beau jeune prince fils du roi des mines d'or, qui était venu lui demander sa main. Ces mots, *Je vous aime*, ont rompu le charme partout; les animaux se taisent; les horloges ne sonnent plus, le rôt s'arrête à la broche, et la fille qui puisait de l'eau est rendue à la libre volonté de faire ce qu'elle veut. La belle fileuse elle-même, parée de vêtements riches et galans, est assise sur un sopha d'or et de rubis. Elle se lève en s'écriant : Que vois-je!

Vous voyez, lui répond le prince, non l'affreux Ribosco, non plus le prétendu fils du roi des mines d'or, mais le fils de votre ennemi, de l'enchanteur Mordicus lui-même!...Mon père, qui avait épousé une mortelle, eut le malheur de la perdre il y a quatre ans. Dans son désespoir, il avait juré de ne jamais se marier. Mais il vous vit, et qui vous voit doit renoncer à garder sa liberté. Il osa demander votre main; vous la lui refusâtes. Indigné d'un refus que, vu ses perfections, ses richesses et sa puissance, il ne croyait pas mériter, il se livra, je l'avoue, à un sentiment de vengeance bien cruel pour vous. Je l'entendis raconter cet événement, se vanter de vous avoir punie de votre indifférence, faire votre éloge en même temps, assurer que vous étiez la plus belle des belles! Un sentiment d'intérêt toucha mon cœur, et je voulus voir par moi-même si mon père exagérait votre beauté; mais je n'avais que dix-huit ans, et ce n'est qu'à l'âge de vingt que les fils d'enchanteurs jouissent du privilége d'user du pouvoir magique, comme leurs pères. J'attendis donc ma majorité; dès-lors, je me fis passer pour le fils d'un prétendu roi des mines d'or, persuadé que, sous mon nom, je réussirais moins auprès de vous. Je demandai votre main; je ne pus l'obtenir, je l'avais prévu. Soudain, je transportai dans une île lointaine le véritable Ribosco, qui demeurait chez la nourrice depuis trois mois; je pris son logement, son nom, sa figure, et c'est enfin, sous cette forme originale, que j'ai eu le bonheur de réparer le mal que vous avait fait mon père, de vous plaire enfin. Ne croyez pas avoir perdu au change du côté du cœur : mes sentiments sont les mêmes que j'ai manifestés sous la plus affreuse enveloppe; et mon père, qui consent à notre union, me cède, en présent de noce, quatre arpens de mines de brillants dont les moindres sont de la force de ceux que vous voyez à mon casque.... mais permettez-moi de vous conduire au palais des vertueux et respectables auteurs de vos jours dont nous devons sécher les larmes.

Le roi et la reine furent aussi étonnés que joyeux d'un pareil événement. Les noces du jeune enchanteur et de la Belle furent célébrées avec la plus grande pompe; seulement le méchant Mordicus n'y parut point; mais il combla sa bru de présents et de mille preuves de tendresse. On rappela le véritable Hibosco, qui devint le bouffon de la cour, et tout le monde fut heureux.

Cela prouve bien que, dans la société, on doit s'attacher plus aux qualités morales qu'au physique de ceux qui doivent partager notre destinée.

Grippe-Saucisse.

—

Ah, qu'il est bête, Grippe-Saucisse! Ah qu'il est bête!

C'est ce qu'entendait continuellement dire, derrière son dos, un petit garçon de treize ans, que ses mauvais penchants avaient fait surnommer Grippe-Saucisse; car il était plus malin que bête, et souvent il faisait l'imbécile pour mieux cacher ses sottises : sa bonne mère, qu'on appelait Marianne, l'aimait tendrement, et ne se doutait pas de toute la perversité de son cœur. Elle savait bien qu'il était sot, ignorant, gauche, maladroit en tout;

mais elle ne le croyait que cela, et pas du tout méchant.

Elle lui dit, un matin : N'est-il pas honteux pour
un garçon de treize ans, qui grandit à vue d'œil,
comme tu le fais, de s'expo-er à tout moment à
être appelé *bête! bête!* Je n'entends que dire partout : *Ah, qu'il est bête!* C'est bien humiliant
pour une mère! Eh puis, ce nom de Grippe-Saucisse, que je t'ai donné moi-même, un jour que
tu fis certaine fredaine, et sans me douter qu'il
deviendrait ton seul nom, attendu que tout le monde
te l'a consacré pour se moquer de toi; ne rougis-
tu pas de porter un pareil sobriquet?

L'enfant lui répondit niaisement et en feignant
de pleurer: ce n'est pas ma faute! Pourquoi me
'avez-vous donné ce vilain nom-là, que chacun
s'est plu à me conserver? Si je suis bête, comme
ils le disent tous, ce n'est pas encore ma faute,
là!

Eh mais! si, c'est ta faute, reprit Marianne. Tu
ne fais attention à rien; tu agis comme un imbécille, sans réflexion, et, tous les jours, ce sont de
nouvelles gaucheries qu'on a à te reprocher. Si tu
entres quelque part, tu marches sur le petit chien;
ou tu écrases la queue du chat. Tu touches à tout;
tu prends tout dans tes mains de coton, et tu bri-
ses tout. L'autre jour tu accroches avec ton pied
la petite table sur laquelle je déjeunais; elle tombe,
pan! tout est brisé. Hier, je te mène chez madame
la comtesse, dont j'ai été dix ans la femme de chambre. Tu veux lui donner la bouteille à l'encre qui
est sur un meuble; tu la laisses tomber, elle se
casse, et voilà son beau parquet tout taché! Tout-
à-l'heure encore, tu t'obstines à prendre de mes
mains la cruche d'huile à brûler pour la serrer:
et tu la renverses sur le pot au feu que j'écumais
sur le fourneau. Quand je te dis que tu ne fais

rien comme un autre ! Ah ! si la dame qui l'a servi de marraine, et que je n'ai vue que cette fois-là où elle s'est offerte à me rendre ce service, si, dis-je, cette dame si bonne venait ici par hasard, elle serait bien étonnée de trouver un filleul aussi niais, aussi sot et aussi maladroit ! Mais, je regarde par la fenêtre... Eh ! mon dieu ! je crois que c'est elle que je vois passer. Que je courre donc après elle ! Depuis treize ans que je ne l'ai vue, ses traits sont restés gravés dans ma mémoire.... toute petite... un grand mantelet... un bonnet de dentelle à barbes, à papillons, avec un grand bec et un diamant ; c'est elle ! Attends-moi là un instant.

Marianne sort dans la rue, rejoint la dame, et lui dit dit : N'est-ce pas vous, madame, qui eûtes la bonté de me tenir un petit garçon il y a treize ans ? — C'est moi-même, répondit la dame. Je venais faire une visite dans la maison où vous étiez en couche, et votre marraine vous ayant manqué par une maladie, je m'offris pour la remplacer. Je sais tout ce qui vous est arrivé depuis, ainsi qu'à votre fils. Vous êtes devenue veuve, une comtesse que vous avez servie vous a fait des rentes. Mon filleul s'appelle Grippe-Saucisse, et c'est le plus mauvais petit sujet du quartier. — Je le crains, madame. Mais comment savez-vous tout cela ? vous êtes donc restée ma voisine sans que je le sache ? — Au contraire, ma bonne Marianne, ma destinée est de voyager ; mais je ne me fatigue pas pour cela ; car j'ai à ma disposition toutes les voitures, tant terrestres qu'aériennes. Je dispose des éléments : je fais la pluie et le beau temps : en un mot, je suis la fée Bambine, et la plus petite de toutes les fées, comme vous voyez ; car j'ai tout au plus trois pieds de haut. J'ai le domaine des petits enfants, c'est-à-dire que j'ai le pouvoir de les corriger, de les récompenser, d'en faire, en un mot, ce qu'il me plaît. Je viens de chez le maître d'école du bas de votre rue, où j'ai donné un pied de nez à cinq ou six petits polissons qui ne voulaient pas lui obéir. Ils garderont huit jours leur nez ainsi alongé, et j'espère que cette pénitence leur suffira.

Marianne écoute la fée Bambine avec autant de respect que d'étonnement, car elle ne se doutait pas qu'elle eût l'honneur d'avoir une fée pour commère. Celle-ci ajoute : Comme je peux tout, je sais tout ; ainsi je puis vous dire que votre fils est plus méchant que bête, qu'il est haï, méprisé dans le quartier où il fait tous les jours de nouvelles sottises. Une fois, il passe rapidement devant la boutique d'un grénetier et prend dans les mannes qui font étalage au dehors, une poignée de riz, de pois, de fèves : une autre fois il court à dessein se précipiter dans l'éventaire d'une marchande de cerises ou de pommes, et, quand il a renversé ses marchandises, il s'empresse, en lui demandant pardon, de l'aider à la ramasser ; mais il a soin d'en remplir ses poches. Il se cache souvent à l'entrée de l'allée de la maison où vous demeurez. Vous savez qu'il y a, au coin à droite, un charcutier, à l'autre coin un pâtissier Quand l'un de ces marchands a la tête tournée ou quitte son comptoir, votre petit drôle s'empare, sur leur étalage, soit d'un gâteau, soit d'une saucisse, enfin de ce qu'il trouve. Il fait cent autres tours qui ne sont pas moins répréhensibles. Si une bonne femme porte, le matin, son lait dans un pot, il crache dedans et se sauve en riant. Il souffle les chandelles de celles qui vont, le soir, les allumer chez leurs voisines. Il donne des croche-pieds aux vieilles femmes chargées de hottes bien lourdes et les fait tomber par terre. Il marche dans les ruisseaux exprès pour éclabousser les messieurs qui ont des bas de soie blancs; il jette de la boue dans les robes des dames; il cherche dispute à tous les petits enfants qu'il rencontre seuls, il les bat, ou bien il brise ce que leurs parents leur envoyaient chercher; et toujours ses jambes lui servent à éviter les punitions que lui méritent toutes ces mauvaises actions. Oh! c'est le premier coureur de Paris. Ainsi, j'avais bien raison, je crois, de vous dire que votre fils est le plus mauvais sujet du quartier.

Marianne reste pétrifiée; elle répond : On m'en a fait souvent des reproches, madame; mais je ne croyais pas qu'il fût vicieux à ce point! Qu'il fasse quelques espiègleries d'enfance, c'est déjà beaucoup sans doute; pour voler, c'est autre chose, et je ne le souffrirai pas. Aidez-moi, je vous prie, madame, à le corriger; je vous en garderai une éternelle reconnaissance.

Cela n'est pas difficile, répliqua la fée Bambine, et il s'en offre justement une occasion. Observez seulement ce que je vais vous dire. Il n'est que neuf heures; nous avons le temps de faire l'épreuve que je médite. Remontez chez vous. Dites à votre fils que vous avez en effet rencontré sa marraine, sans lui faire connaître qui je suis. Vous ajouterez que c'est une dame de province qui a des emplettes à faire dans la capitale, qu'elle vous a priée de l'accompagner chez divers marchands. Persuadez-lui bien surtout que je vous garderai à dîner, et que vous ne rentrerez que ce soir. Vous sortirez sur-le-champ. Après votre départ, il sortira à son tour. Nous rentrerons alors, et je vous rendrai invisible, ainsi que moi, dans votre chambre, où nous assisterons au plus plaisant dîner que vous ayez jamais vu.

Marianne fit de point en point ce que la fée venait de lui prescrire, et elle quitta son fils en lui disant : Ainsi, à ce soir, mon garçon. Tu feras chauffer un peu de soupe d'hier qui est là, et tu mangeras le reste des haricots. Dîne bien, quoique seul, et surtout ne sors pas ; je t'ordonne de garder notre chambre toute la journée; on parle tant de voleurs !

L'enfant promit, mais il ne tint pas parole. A peine sa mère fut-elle partie qu'il sortit et alla trouver deux petits vauriens comme lui, avec lesquels il faisait secrètement ses fredaines. Briffaut, dit-il, et toi Roustan, je vous invite tous les deux à dîner chez moi, aujourd'hui. Pour la première fois de ma vie, ma mère me laisse le champ libre; nous en profiterons pour bien rire, bien manger et bien jouer.

Briffaut, Roustan et lui vont d'abord se promener; puis à deux heures, Grippe-Saucisse les ramène à la chambre, où il s'empresse de mettre le couvert. Briffaut lui dit : Qu'est-ce que tu nous donneras à dîner ? — D'abord, cette soupe qui chauffe, et ce plat de haricots. Il faudra les manger, pour que ma mère croie que j'ai dîné tout seul; mais nous avons bien autre chose avec cela. Voilà une belle guirlande de cervelas que j'ai su décrocher, hier soir, à la porte d'un charcutier; puis un pâté de veau, que j'ai *chippé* aussi au pâtissier, notre voisin. Pour du vin, j'en ai là deux bouteilles que j'ai dérobées à ma mère, et nous ferons bombance, vous verrez — J'ai, réplique Briffaut, des pommes que j'ai prises à la fruitière. Moi, ajoute Roustan, mes poches sont pleines de poires et de noix. — (*Tous les trois :*) Oh ! quelle joie ! quelle fête ! quel bon repas !

Nos trois petits drôles se mettent à table; mais, à peine ont-ils avalé leur soupe, qu'il leur pousse, à chacun, au bas du menton, une grosse sonnette qui fait un bruit du diable chaque fois qu'ils veulent manger. Ils s'écrient : O mon Dieu : qu'est-ce que cela ?

Et les trois sonnettes redoublent leur tapage. Ils se regardent, ils se lèvent ; ils veulent arracher cet airain perfide. Cela leur est impossible ; c'est l'os même de leur menton qui s'est alongé et qui s'est changé en sonnette. Ils s'assoient... Mais, nouveau prodige, leurs bras restent collés le long de leurs hanches, sans qu'il leur soit possible de les remuer, et leurs bouches, quoique sans manger font continuellement le remuement d'une personne qui mâche, ce qui redouble le bruit de leurs sonnettes. Ce bruit devient si fort que tout le monde s'arrête dans la rue : on monte dans l'escalier pour savoir d'où part ce singulier carillon.

Les deux voisins des coins de l'allée, le charcutier et le pâtissier, montent, entrent dans la chambre. L'un reconnaît ses cervelas ; l'autre son pâté, et, sans égard aux prières des trois sonneurs, ils vous les soufflettent, ils vous les tapent à qui mieux.

La fée et Marianne, qui étaient témoins invisibles de cette fête, paraissent alors. La fée donne de l'argent aux marchands en disant : voilà le prix de ce que mon filleul vous a dérobé. Maintenant, messieurs les petits filoux, c'est à moi que vous allez avoir à faire. Comme vous courez si bien, quand vous faites vos fredaines, qu'on ne vous attrape jamais, je vous donne maintenant la permission et le pouvoir de courir. Partez, et arrêtez-vous quand vous pourrez.

Elle les touche de sa baguette. A l'instant, et par une puissance surnaturelle qui les y force, ils se sauvent tous trois et courent dans les rues ; mais dans quel accoutrement !... la guirlande de cervelas s'est attachée par un bout, au bas du dos de

Grippe-Saucisse, et lui forme une longue queue qui traîne dans les ruisseaux ; les poires volées ainsi que les pommes se sont réunies et forment une semblable queue qui suit Briffaut partout. Quant à Roustan, le pâté s'est attaché sur sa tête et lui forme une casquette d'une forme tout-à-fait nouvelle.

Ils courent, au grand plaisir des passants, qui se moquent d'eux, et ils courraient encore, si les chiens ne s'étaient attachés à la queue de Grippe-Saucisse et ne lui avaient mangé tous ses cervelas. Les petits enfants ont de même arraché les poires, les pommes de Briffaut, et le pâté de Roustan, qui s'est fendu en quatre et tombé dans la boue.

La fée alors chasse ces derniers polissons ; elle rend invisible Grippe Saucisse et le ramène chez sa mère, où elle lui fait une leçon et des menaces si fortes que l'enfant jure, en fondant en larmes, qu'il est tout-à-fait corrigé.

En effet, il ne retomba plus dans les mêmes fautes, et la protection de la fée Bambine lui servit à faire un état honnête dans le monde, où il devint bon époux et tendre père de famille.

Biscotin.

—

C'était un garçon de ferme, si simple, si niais,
que tout le monde le méprisait et se moquait de lui;
les enfants du village le montraient au doigt quand
il passait; on lui jetait des pierres, de la boue, et
Biscotin se contentait de ricaner, sans songer à
corriger cette impertinente jeunesse. Il avait pourtant vingt-quatre ans, et il était fort comme un
Turc. Un jour, son maître le renvoya pour une
nouvelle maladresse. Biscotin, n'osant se propo-
ser à d'autres fermiers, qui le connaissaient pour

un sot, s'en alla en pleurant comme un grand nigaud.

Il était neuf heures du matin, il n'avait pas déjeûné, mais il n'y pensait pas, et marchait en ne songeant qu'à sa triste aventure. Après avoir marché une heure, il s'assit sur le gazon et se dit : Suis-je ti assez malheureux d'être bête, tandis que tout le monde a de l'esprit! i'me disent tous *t'es t'une bête! t'es t'une bête!* Je l'savons ben que je n'sommes qu'une bête; mais encore une fois, c'est-i ma faute? si j'sommes né com'ca, est-ce que j'pouvons me changer? pas pu que d'changer de figure. Hom! si j'avions de l'esprit! seulement un petit moment, j'me tirerions joliment d'affaire, et je m'moquerions à mon tour d'ceux qu'en aurions moins qu'moi!

Comme il disait ces mots, il aperçut une petite fauvette qui chantait sur une branche d'arbre d'un bois voisin. A l'instant, un oiseau de proie fondit sur la jolie chanteuse, et il l'emportait déjà lorsque Biscotin, qui avait le cœur très bon, saisit une forte pierre et la lança avec tant de vigueur à l'oiseau ravisseur, que celui-ci, blessé au cou, lâcha la fauvette et s'envola en tirant de l'aile, comme s'il allait tomber. Pour la fauvette, elle disparut dans le bois. C'est bien fait, dit Biscotin, en narguant l'oiseau de proie! Ça t'apprendra à à avoir pus d'esprit ou de force qu'un autre! Et voilà comme les bons sont toujours mangés par les petits.

Il se sent frapper légèrement sur l'épaule; il se retourne et aperçoit une belle dame, vêtue magnifiquement, et qui tient, dans sa main droite, une baguette noire. Biscotin, lui dit la dame, me reconnais-tu? — Non; morguienne, madame, j'navons pas cet honneur-là. — Tu viens de me voir! — Quand? — A l'instant. — Tout-à-l'heure?

Ah! c'est que madame aura passé près de moi, sans que j'layons remarquée. J'ons un sujet d'chagrin qui m'occupe tant! — Je connais ton chagrin; mais revenons à moi. Je suis la timide fauvette que tu viens de préserver de la dent d'un cruel oiseau de proie, et je suis en même temps la fée Babonette, qui reprend sa forme humaine pour te récompenser d'une bonne action. Voyons, que veux-tu? — Mais, madame..... j'sommes ben embarrassé. — Je t'ai entendu tout-à-l'heure désirer de l'esprit. — Oh ça, c'est vrai; car js'ommes si bête, si bête!.... — Eh bien! je puis te faire ce cadeau; mais écoute auparavant. Mon art ne me permet de te donner qu'une seule chose, soit de l'esprit, soit du jugement. — Du juchement? Quoiqu'cest qu'çà? — Du jugement, mon garçon, sert à juger..... — Oh! je ne voulons pas être juge. — Tu ne m'entends pas; je veux dire que tu pourras discerner le bien du mal, agir sensément, te conduire enfin avec droiture. — J'ons toujours vécu en honnête homme. — Je le sais; mais..... — Non, de l'esprit, madame la fée, si vous voulez ben; ça fera que j'pourrons à mon tour m'moquer des autres. — Si tu m'en croyais, tu préférerais le jugement. Je puis te le donner sans l'esprit, comme il ne m'est permis de te donner que l'esprit sans y joindre le jugement, qui, selon moi, te serait plus utile que l'autre? — Ah! madame, l'esprit? je vous en prions à genoux. — Lève-toi, et va ou tu voudras; mais garde-toi bien de dire à qui que ce soit le don que je te fais, ni la manière dont l'esprit te sera venu. A l'instant même ou tu commettrais une pareille indiscrétion, tu redeviendrais plus sot, plus imbécille qu'auparavant.

Elle le frappe de sa baguette, disparaît, et soudain Biscolin se sent tout autre qu'il était. Il semble qu'un nuage, jeté jusqu'alors sur ses yeux,

sur sa pensée, est tombé, et qu'il voit les choses
sous un tout autre aspect; son individu, en un mot,
n'est plus du tout le même, et il ne sait s'il doit
se féliciter d'un pareil changement, car la lumière
qui l'éclaire maintenant cadre mal avec sa blouse
de charretier, ses cheveux plats, ses guêtres et sa
figure de niais. Il pense au Biscotin qu'on a renvoyé le matin, et se dit : Maître Pierre ne pouvait
pas garder en effet un pareil imbécille ! A sa place,
moi, je n'aurais pas pu le souffrir.

Chose étonnante! jusqu'à son organe qui est
changé! Il parle purement à présent; ce n'est plus
son grossier patois; il ne fait plus de faute contre
la langue; il lui paraît même qu'il a des manières,
un bon ton, il est enchanté.

Il retourne chez son maître et lui dit : Maître
Pierre, vous m'avez renvoyé ce matin, et alors
vous pouviez avoir raison ; car je paraissais être
le plus grand sot de la terre, mais je suis bien
changé depuis, et vous voyez maintenant en moi
un garçon plein d'esprit.

Maître Pierre éclate de rire et lui répond : Toi,
tu as de l'esprit! — Oui, et j'en ai plus que vous.
— Plus que moi, c'est un peu fort! Vous ne vous
en apercevez pas à ma manière de m'exprimer? Je
ne dis plus *j'étais ti, j'étais ta ;* plus de *j'avions,
j'étions, je venions.* Je parle français tout aussi
bien que M. le curé, et mieux, je vous l'assure,
qu'il ne parle latin.

Mais, en effet, replique maître Pierre étonné,
je ne reconnais plus ton langage lourd, ignorant.
— Je pétille d'esprit, vous dis-je, et je vous en
donnerai mille preuves, si vous voulez me reprendre chez vous Je vous dirai des choses charman-
tes; j'amuserai madame Pierre par des petits con-
tes que j'improviserai, et je donnerai de l'instruc-

tion, de l'esprit à vos enfants, qui sont aussi bêtes que votre femme et vous.

Maître Pierre, surpris de plus en plus, se met en colère : Ah ça ! mon drôle, dit-il, reviens-tu pour me dire des sottises? — Des vérités, maître Pierre. Là, convenez que vous n'avez pas autant d'esprit que moi. Allons, allons, vous ne pouvez pas vous le dissimuler. — Cela peut être; mais c'est donc que tu as caché ton jeu tout le temps que tu as été chez nous? Tu y es resté quatre ans à me faire cent sottises, tu en avais fait mille chez le voisin Guillaume; quand je t'ai pris sortant de chez lui, tu faisais donc le niais exprès? dis, mauvais sujet.

Biscotin répond : Je voulais voir si vous auriez vous le talent de démêler le mérite au milieu de l'enveloppe grossière dont je l'avais entouré à dessein. Vous avez donné dans le piège, ce n'est pas ma faute; mais reprenez-moi, et je ne dissimulerai plus mon esprit à vos regards aussi charmés qu'étonnés.

Comme il parle, repart maître Pierre! Ce n'est vraiment plus ce Biscotin si bête, qui faisait toujours le contraire de ce que je lui ordonnais, qui se laissait moquer par tous les enfants du village; on dirait, ma foi, entendre M. le curé ou le magister. — Bah, votre magister! c'est un sot, qui ne soutiendrait pas avec moi la moindre conversation. Je suis comme un feu toujours roulant; c'est, vous dis-je, un feu d'artifice que l'élan de ma pensée; des traits d'esprit, des bons mots, des vers même jaillissent de mon cerveau, comme les grands jets d'eau du parc du seigneur de ce lieu; ma verve s'élancerait jusqu'aux cieux, si elle pouvait y atteindre. — Quel jargon est cela? Je commence à ne plus le comprendre; c'est trop spirituel. — Vous en convenez donc? — Ah! malin, vous avez fait la bête ! — Je me suis donné ce petit plaisir-là pour m'amuser à vos dépens. — Plaisant amusement, qui retombait sur tes épaules; car je t'ai donné souvent, pour tes lourdes sottises, des coups de gaule que tu aurais pu t'éviter. — Si j'étais aussi peu indulgent que vous l'étiez, je pourrais vous les rendre à présent. — Oui, ah ! il faudrait voir cela, par exemple, cela serait assez farce. — De quelle expression ignoble et basse vous servez-vous? *assez farce !* Pouvez-vous m'écorcher ainsi les oreilles. — Tant pis pour tes oreilles. De longues qu'elles étaient, elles sont devenues bien délicates ! — Ah! des oreilles délicates, quel néologisme ! — Qu'est-ce qu'il veut dire avec son nez au logis? Oh çà, vas-tu faire le pédant avec moi? va-t'en au diable; il me faut un garçon de charrue, et non pas un savant qui parle de manière à n'être compris de personne. — Je sais bien que les sots trouveront encore ce langage extraordinaire; ils ne sont pas faits pour m'entendre. — Insolent! veux-tu sortir? — Oh, mon Dieu ! pas de bruit, maître Pierre ! j'étais bien aise de vous donner cette petite leçon, en vous apprenant quelle perte vous faisiez en moi; vous la connaissez, je me retire et je vais m'amuser à en mystifier d'autres: car vous savez, ou vous ne savez pas, ce vers si connu :

Les sots sont ici-bas pour nos menus plaisirs.

Maître Pierre saute sur un manche à balai pour en frotter le dos de Biscotin; mais celui-ci se sauve et va faire enrager, de la même manière, le curé, le magister, ses anciens maîtres, tous ceux qu'il peut rencontrer.

Chacun, bien étonné, ne peut rien concevoir à un pareil changement; il existe cependant, il est réel. Ce Biscotin, si niais, a maintenant un esprit qui confond les hommes les plus éclairés. Il lit, il

écrit comme un ange; il s'exprime avec autant de
grâce que d'éloquence; il cite même des auteurs
et sait des tirades des œuvres de nos plus grands
poètes. Où, quand et comment a-t-il appris cela?
Il n'est bruit dans le village que de sa métamorphose, et la nouvelle en vient jusqu'aux oreilles
du seigneur. Le comte de ***, qui l'a souvent rencontré et qui s'est moqué de lui comme tout le
monde, veut le voir. Biscotin se rend à ses
ordres.

Monseigneur, dit-il en saluant avec autant de
grâce que de politesse, monseigneur m'a fait l'honneur de me demander? Oui, mon ami, j'ai désiré
m'assurer par moi-même des merveilles qu'on dit
de toi. — Quelles merveilles, monseigneur? il n'y
en a point, et, je vous demande pardon, je ne suis
pas une curiosité à montrer en foire. — Ce n'est
pas là ce que je veux dire. Mais on prétend que
tu as fait la bête, depuis six ans que tu es venu
t'établir dans ce village, et qu'aujourd'hui tu dé-
veloppes une érudition et un esprit vraiment ex-
traordinaires? — Il y a quelque chose de vrai dans
tout cela, monseigneur, et je ne puis pas avoir la
fausse modestie de dissimuler que je possède en
effet tout l'esprit qu'un homme peut avoir. — Ce
serait presque en manquer que d'en convenir; car
il vaut mieux faire briller son esprit que de s'en
vanter. — Monseigneur a parfaitement raison, mais
à l'égard de toute autre personne que moi. Qu'il
veuille bien réfléchir qu'ayant passé six ans pour
une bête, j'ai bien acquis le droit de dire aux gens:
Vous vous êtes trompés, je ne l'étais pas; j'ai au
contraire infiniment d'esprit; je me fais à présent
un devoir de vous le prouver. — Pas mal répondu...
Mais pourquoi as-tu joué ce rôle, qui t'a valu des
sottises et des coups? — Monseigneur, chacun a
son secret; j'avais bien mes raisons pour en agir

ainsi, et il m'est défendu de les dire. En ce cas, je ne te presserai plus de questions là-dessus. Il est impossible d'avoir une idée plus bizarre que celle de se faire passer pour un imbécile, quand on ne l'est pas; mais je me contente de te demander que tu me donnes des preuves de cet esprit qui t'est venu tout de suite, ou que tu as si bien voilé.

Biscotin se rapprocha du comte et lui répond : J'oserai dire à monseigneur que la sommation qu'il me fait prouverait presque qu'il n'entend pas très bien ce que c'est que l'esprit, ni en quoi il consiste. Peut-on le faire briller à volonté comme un art, comme un musicien qui joue en perfection d'un instrument? celui-là prend son violon; il vous étonne, il vous enchante, il vous ravit. Il finit et vous a donné une preuve irrécusable de son talent. Mais une preuve d'esprit, c'est bien différent; un langage pur l'annonce d'abord dans un homme. Sa pensée vient ensuite s'exprimer sur ses lèvres avec une précision, une netteté qui annonce de l'ordre, de la raison, et de l'harmonie dans ses idées. Il ne dit rien comme un autre. Il orne tout, il embellit tout des fleurs d'une rhétorique serrée, claire, lumineuse; enfin il fait qu'on est charmé de sa conversation, qu'on voudrait toujours le voir et l'entendre. Il ressemble à ces belles fleurs d'un parterre, qu'on a peine à quitter, dont l'odeur suave vous suit encore au loin, même quand vous ne les voyez plus.

Le comte se retourne vers la comtesse son épouse, qui a voulu voir aussi Biscotin, et lui dit : Qu'en dites-vous, comtesse? y a-t-il rien de plus étonnant que ce garçon-là? — J'en suis enchantée, mon cher comte. Je comptais bien rire de ses balourdises; mais je vous a voue que je ne trouve rien de plaisant dans tout cela. Je l'admire, voilà tout.

Biscotin réplique : L'admiration, madame la comtesse, doit être réservée pour les dames. La femme, ce merveilleux ouvrage de la nature, est, quand il sort bien fait des mains du Créateur, un composé de toutes les perfections humaines, même idéales. Voyez une femme complètement belle; elle a tout bien, depuis le plus petit doigt du pied, jusqu'à la pointe de ses cheveux. La carnation, le teint, tout est parfait; et si l'on détachait de son ensemble, un de ces charmes, ce charme unique ferait encore la beauté d'une autre femme de beaucoup moins bien qu'elle. Voilà pour son physique. Son moral est encore plus admirable Je n'en ferai pas le détail, attendu que tous ceux qui aiment les dames connaissent comme moi, leurs vertus, leur tact fin, délicat, leur pénétration, et surtout leur aimable et douce sensibilité. Gardons pour elles notre admiration; les hommes ne doivent tendre qu'à se faire estimer. Il est charmant, s'écrie la comtesse, et je ne me lasse pas de l'entendre.

Le comte lui répond : Qui croirait que sous cette blouse il y avait de mérite! Biscotin, je cherchais par-tout un secrétaire; vous m'en servirez.

On remarquera que le comte ne tutoie plus Biscotin; preuve de l'espèce de vénération qu'inspire toujours le talent. Mais ce n'est pas tout d'avoir du talent, il faut encore savoir le faire valoir avec modestie, sans trop blesser l'amour-propre des autres; c'est ce que ne fera pas Biscotin, qui, comme l'on sait, manque de jugement.

On le fait changer d'habits, et il est vraiment très bien sous les vêtements d'un homme du monde, dont il a l'aisance et toutes les manières; il en est si fier qu'il ne regarde plus les gens. Il humilie ses anciens camarades, il se pavane, il se quarre, et personne n'est plus digne de l'appro-

cher. Il traite même le comte, qu'il regarde comme
un ignorant en comparaison de lui, avec un orgueil qui étonne d'abord celui-ci, et qui le fâche
peu à peu. Quand le comte parle, Biscotin le reprend sur la langue. Si le comte lui dicte des lettres, Biscotin veut lui prouver qu'il n'a pas le sens
commun, change ses phrases et met son esprit à
la place de celui de son maître.

C'est ainsi que, pour une simple lettre d'invita-
tion à dîner, que le comte commence à lui dicter
ainsi : « Je vous prie, mon ami, de venir dîner
demain au château. Nous ne serons que quatre,
vous, votre aimable femme, la comtesse et moi,
Biscotin, trouvant cela trop uni, trop familier,
veut écrire :

« L'amitié divisée perd de son prix. Restant toujours chez vous, ô le meilleur de mes amis! et moi
chez moi, nous ne pouvons éprouver ses douces
étreintes, ressentir ses tendres émotions. C'est
pourquoi je vous invite à venir dîner demain au
château avec mon épouse et moi. Donnez-nous
une marque sensible de votre attachement, en
nous amenant la vôtre, qui fait le charme de votre vie, comme elle fait celui de toutes les sociétés
qui ont le bonheur de la posséder. Nous formerons
deux tête-à-tête des plus délicieux. •

Le comte trouve avec raison que toutes ces belles phrases forment un véritable galimatias; Biscotin prétend que c'est là le style des nobles et des
beaux-esprits. Par exemple, dit-il, est-il de votre
dignité, monseigneur, de traiter madame la comtesse de *votre femme*? — Pourquoi non? répond
le comte; n'est-elle pas ma femme? — Sans doute;
mais c'est une locution basse qu'il faut laisser aux
petits bourgeois. Un grand seigneur a une épouse.
— Mais, vous qui êtes si difficile, monsieur l'homme aux grands airs, il y a dans votre projet de let-

tre un *c'est pourquoi* que je trouve bien plat! —
C'est le commencement copulatif d'une phrase qui
veut dire *c'est pour ces raisons*, *c'est pour ces
motifs*; *c'est en considération de cela*. — Au
surplus, apprenez, monsieur Biscotin, que le prétendu tendre ami, dans la société duquel vous
vouliez me faire ressentir *des étreintes*, *des émotions*, n'est qu'un vieillard de quatre-vingt-dix
ans, ancien intendant de mon père, presque aveu-
gle, à qui je fais une pension de retraite, parce que
j'ai conservé quelque attachement pour lui. Vous
saurez encore que *son épouse*, qui fait *le charme
de sa vie comme celui de toutes les sociétés*, est
presque aussi âgée que lui, sourde, ridée, cassée,
et que je ne l'ai qualifiée d'aimable que par politesse d'abord, et ensuite parce qu'elle est très
bonne et raconte de vieilles anecdotes avec beaucoup de gaieté. — En ce cas, monseigneur, vous
avez eu tort... — Tort! allez-vous me donner des
leçons de conduite? — Monseigneur, j'en donnerais à bien d'autres, s'ils voulaient les écouter.

Le comte se fâcha, Biscotin insista, il s'ensuivit
une querelle, et, par la suite, il y en eût tant du
même genre que le comte renvoya l'entêté Biscotin, en lui disant qu'il avait besoin d'un secrétaire,
et non d'un pédant et d'un insolent comme lui.

De plus en plus fier de son mérite, Biscotin vint
à Paris, perdit son temps à faire des brochures,
les pièces de théâtre, bien écrites, mais où il n'y
avait pas l'ombre de conduite et d'intérêt. Il se fit
siffler, moquer; on cabala contre lui, et, comme il
ne se conformait à aucune convenance sociale, il
se vit chasser de toutes les maisons, de toutes les
places qu'il occupait tour-à-tour, un mois ou deux
tout au plus, tant il se fit généralement détes-

Fatigué à la fin d'entendre toujours répéter à
ses oreilles: *oui, il a de l'esprit, mais pas de*

jugement, il sentit qu'il avait sans doute eu tort de choisir l'un exclusivement aux dépens de l'autre, et, se trouvant fort malheureux depuis qu'il avait tant de mérite, il résolut d'aller se cacher dans quelque village, où il prendrait la modeste place de maître d'école, s'il pouvait en trouver une.

Il se mit donc en voyage, à pied, comme il passait près de la lisière d'un bois, la chaleur du jour l'engagea à s'y asseoir à l'ombre : là, il récapitula toutes les actions de sa vie, et sentit qu'il avait eu continuellement tort. L'esprit, se dit-il, est un mauvais fanal, il ne règle pas la conduite. Le jugement seul a ce rare privilége et j'aimerais mieux être simple fermier, comme maître Pierre, avec son jugement sain, son gros bon sens, que de faire encore le bel-esprit aux dépens de ma tranquillité, de ma santé, honni, bafoué par tout le monde comme je l'ai été jusqu'à présent. Que suis-je? où vais-je? que fais-je à présent? J'ai sans doute un esprit étonnant, mais je n'ai pas un sou dans ma poche. Ma nouvelle carrière ne me rapporte ni honneur ni profit. Oh! si je pouvais retrouver cette excellente fée Babonnette! je la prierais bien de me retirer ces brillantes lumières, qui m'éblouissent au lieu de m'aider à me conduire. Je deviendrais le pauvre paysan Biscotin, et peut-être je serais plus heureux. O fée bienfaisante, que n'êtes-vous ici !

Me voilà, Biscotin, dit la fée, qui parut soudain à ses côtés. Je l'avais bien prédit que tu te repentirais du cadeau que tu avais exigé de moi. Il ne tient qu'à toi de le changer ; mais je t'avertis que tu vas reprendre ton langage, tes habitudes grossières. — Que m'importe, madame? j'aime mieux être simple; tel que je suis venu au monde. Oh! oui, je préfère une vie tranquille; ignorée, à la fu-

me donner du jugement.—Et reprendre votre esprit?

Elle le touche de sa baguette et ajoute : C'est
fait.

Biscotin se retrouve habillé de sa blouse, tel
qu'il était lorsqu'il rencontra la fée pour la première fois. Biscotin vient d'éprouver une contrac-
tion singulière dans sa langue et à son cerveau, il
lui semble que tout s'est bouché chez lui ; mais il
recouvre tout-à-coup sa santé, sa gaieté, tout ce
qu'il possédait jadis. Oh tatigué! madame, s'écrie-
t-il, j'en r'venons d'eune belle! Si j'allions à présent nous remontrer dans not village, à monsieur
le curé, à monseigneur! qui qui diriont? i'm'
croiriont fou. — Garde-toi bien d'y retourner. Il
t'est également défendu de divulguer ce nouveau
changement. Pour ce coup-ci, une mort subite sui-
vrait ton indiscrétion, attendu que je ne puis être
utile à la même personne que deux fois en sa vie ;
mais, pour dernière récompense du service que tu
m'as rendu (car tu ne me verras plus), je te donne,
dans ce coffret, vingt mille francs en or. Va acheter la petite ferme que tu vois, la première à gauche à l'entrée de ce village là-bas. Tu t'y établiras,
et, avec le jugement, qui va guider toutes tes actions, tu n'auras besoin de personne, encore moins
du secours d'êtres surnaturels tels que moi; adieu,
pour jamais.

La fée disparaît.

Morguienne! se dit Biscotin en marchant, vingt
mille francs en or! c'est-i une fortune ça?... Mais
i' faut ben la diriger. Allons d'abord examiner la
ferme dans ses moindres parties. Calculons bian
mes intérêts. Faisons-en dresser l'contrat avec
toutes ses clauses, ses conditions, avec enfin la
plus grande réflexion, et, jarni travaillons après.

Je n'savons pus ni lire, ni écrire; v'la le malheur? mais, morgué! j'apprendrons.

Voilà des idées saines, justes, qui prouvent bien que la fée ne lui a pas fait un don imaginaire.

Comme il avançait, il vit venir à lui un jeune homme de vingt-cinq ans, et une jeune fille qui paraissait bien en avoir vingt. Tous deux semblaient se disputer et se dire même des injures. Oui, disait le jeune homme, cette affaire-là est si simple que le premier venu la déciderait. — Eh bien! s'écriait la jeune fille, je suis si bien de ton avis, mon cousin, que je m'en rapporterai là-dessus au premier passant. — Je le veux bien, ma cousine. — Plus il sera ignorant et plus sa décision me paraîtra simple, naturelle. — Je suis de cet avis-là aussi. — Tiens, mon cousin, voilà une espèce de charretier. Prenons-le pour juge. — Volontiers, ma cousine. — Tu en passeras parce qu'il voudra? —A condition que tu te rendras à la même raison. — J'en fais le serment. — Je le fais de même de tout mon cœur.

Ces deux jeunes paysans abordent Biscotin. Brave homme, dit le garçon, ma cousine et moi, nous nous en rapporterons à votre prudence sur un fait que voici : Mathurin, notre grand-oncle, vient de mourir à près de cent ans. Il avait deux frères, dont l'un fut mon aïeul et l'autre celui de cette jeune fille, en sorte qu'elle et moi, nous ne sommes cousins, comme on dit, qu'à la mode de Bretagne. Nos grands pères, nos pères, tout cela est mort. Nous avons été élevés séparément, et nous étions occupés aux travaux champêtres, moi à douze lieues, Laure à dix lieux d'ici, lors de la dernière maladie de notre grand-oncle Mathurin. Revenons à lui.

Le bon homme, se voyant seul, fit, avant de

mourir, un testament, dont voici la clause princi-
pale et qui nous divise : « Je donne ma maison aux
hospices , à moins que lors de mon décès , il ne se
présente un ou plusieurs de mes collatéraux.
Comme leur empressement, en ce cas, prouverait
l'intérêt, l'affection qu'ils éprouveraient pour moi,
je donne ma maison à celui seulement d'entre eux
qui aura, le premier, mis le pied dans madite maison, avant ou après mon dernier soupir ; mais surtout avant mon enterrement. Voulant que ledit lé-
gataire universel, etc., etc. » Voilà qui paraît bien
clair, et c'est pourtant la source de nos débats.

Ignorant ce testament mais apprenant la maladie de ce bon vieillard, je me mets en route, pour
remplir le devoir de lui fermer les yeux. J'arrive
avant-hier, matin ; il terminait une agonie doulou-
reuse. Je m'approche de son lit, le premier ; tout
le monde m'y a vu : un moment après, je vois entrer Laure que voilà, qui, guidée par le même
sentiment que moi, passe de l'autre côté du lit, se
jette sur le moribond en versant des larmes. Il
meurt à nos yeux. Chacun de nous lui ferme une
paupière, et nous sortons en pleurant. Le notaire
vient, ouvre le testament, le lit, et nous y trouvons
la clause que je viens de vous rapporter. Il est
bien prouvé, par la garde, par monsieur le curé,
qui était là, que je suis arrivé le premier. Donc
la maison m'appartient. »

Laure réplique : Tu en imposes, Prosper ; c'est
moi qui suis venue la première dans la maison. J'y
suis entrée avant toi. J'étais occupée en bas à demander à la cuisinière des nouvelles de mon oncle.
Je t'ai vu passer, monter l'escalier ; mais ne devi-
nant pas l'importance de la primauté dans une
pareille visite, je ne suis montée qu'après toi, voilà
tout aussi.

PROSPER. Tu conviens bien que tu n'étais pas la première près du lit?

LAURE. Cela ne signifie rien. Le testament dit *dans la maison;* il n'exige pas que ce soit au pied, ni au chevet du lit.

PROSPER. Quand un malade dit *dans la maison,* il n'entend pas la cour, ni le jardin, mais dans sa chambre. J'ai des témoins

LAURE. J'en ai aussi.

PROSPER. L'héritage est à moi.

LAURE. Il est à moi.

PROSPER. Tu vas recommencer?

LAURE. Qu'en dit monsieur?

PROSPER. Oui, qu'est-ce que monsieur en pense?

Biscotin, sans prendre un air doctoral qui ne s'accorde plus avec le nouveau don que la fée lui a fait, sourit en regardant avec intérêt ces deux plaideurs d'une espèce nouvelle, et leur répond : Avant tout, dites-moi si vous avez consulté quelqu'un.

PROSPER. Certainement; le curé, le magister, les notables du pays, le notaire lui-même.

BISCOTIN. Que vous ont-ils répondu?

LAURE. Il sont restés tous fo t embarrassés, car moi, j'ai produit mes témoins, mon cousin les siens. Il est si bien avéré que si Prosper s'est trouvé le premier près du vieillard, j'étais la première dans la maison, *dans la maison,* je répète cette expression du testament, qui décide en ma faveur.

BISCOTIN. Ah, ah! tous ces gens-là sont restés embarrassés? eh ben! moi, je ne le suis pas du tout. Un mot tant seul'ment va vous accorder. Répondez-moi ben *ad rem.* Laure, êtes-vous fille!

LAURE. Oui; qu'est-ce que cela dit?

BISCOTIN. Et vous, Prosper, êtes-vous garçon? neste célébrité que je voulais acquérir. Veuillez

PROSPER. J'ai tant travaillé jusqu'à présent que je n'ai pas pensé à me choisir une compagne.

BISCOTIN. Eh ben! v'là l'moment. Laure, Prosper, mariez-vous? par ce moyen l'héritage vous appartiendra à tous deux.

PROSPER. Comme c'est bien jugé! qu'en dis-tu, ma cousine?

LAURE. Moi, Prosper... je dis... je dis... comme toi que c'est très bien jugé.

Le jeune couple s'en retourna en sautant de joie, et Biscotin, satisfait d'avoir terminé un différend que l'hymen seul pouvait décider, s'en alla acheter la ferme.

Nous ne le suivrons plus; son destin est fixé. Nous dirons, pour finir, qu'il acheta ce bien, se maria, eut des enfants, et qu'il se conduisit avec tant de prudence, tant de sagesse, qu'en amassant une petite fortune honnête, par un travail aussi assidu que bien dirigé, il devint le patriarche du canton, le conseil de tous ses voisins, l'appui des malheureux et le père des orphelins.

Cela prouve bien, mes enfants, que l'esprit, sans goût ni jugement, ne mène qu'à blesser autrui, qu'à faire des sottises; tandis qu'une bonne judiciaire, même est sans esprit, est préférable et guide les hommes à faire, chacun, leur état avec zèle, probité, l'estime de soi-même et celle du public.

La Maison volante.

—

Bien différente de la fée Babonnette, dont nous venons de voir la sage conduite, une autre fée, nommée avec raison la fée Bonace, accordait tous les dons qu'on pouvait désirer, sans examiner s'ils devaient être nuisibles ou non à la personne imprévoyante qui les demandait. Vous auriez voulu une corde pour vous pendre qu'elle vous en aurait fait trouver une sous votre main. C'est être aussi par trop obligeant !

Un jour donc, la fée Bonace passant devant

une toute petite, mais fort jolie maison de campagne, entendit qu'on parlait en dedans, et comme elle était très curieuse de son naturel, elle s'arrêta à la porte pour écouter ce qu'on disait. C'était le maître de la maison, M. Dufour, qui exhalait ainsi ses plaintes et sa mélancolie :

« Tout le monde prétend que je suis le plus heureux des hommes! le suis-je; là? voyons, réfléchissons. Je fais une petite fortune dans le commerce, dans les affaires ; je perds ma femme, une fille unique. Je me retire , je fais bâtir cette petite maison pour y passer tranquillement le reste de mes jours, et l'ennui m'y a suivi plus que le repos. Elle est gentille, si l'on veut, ma petite maison ; elle est commode, bien bâtie, bien meublée; mais elle est triste , entourée de murs; elle me laisse à peine voir un bout de campagne Et puis quand il pleut, on est prisonnier dans l'intérieur de la maison; il est impossible de mettre le pied dehors d'aucun côté. J'ai mal fait de la faire bâtir ici, dans ce pays maussade. J'aurais dû choisir un autre village, un autre site. Pour mieux dire, je préférerais n'être pas dans un village. Ne voir continuellement que des paysans, et toujours des paysans! des chevaux étiques, des ânes rétifs, des charrettes de foin, de paille, de fumier! cela n'est pas du tout amusant. Oui , je commence à me dégoûter bien fort de ma maison, et, je le répète, si c'était à recommencer, je la placerais dans tout autre endroit. Oh! si elle pouvait avoir des ailes comme un oiseau, et obéir à mes ordres, je la retransporterais sur le sommet d'une montagne ; isolée d'un quart de lieu au moins de toute habitation. Je voudrais en vérité qu'il se trouvât une bonne fée qui me rendît ce service-là!

Me voilà justement tout à point, s'écria la fée Bonace en entrant dans la maison; me voilà ,

M. Dufour. J'ai entendu vos vœux et je viens les exaucer. Tenez, prenez ce cornet de poudre d'or à mettre sur le papier. Il vous suffira, le soir avant de vous coucher, d'écrire sur un morceau de papier, l'endroit où vous voudrez être transporté. Vous jeterez de cette poudre sur cet écrit, et pendant la nuit votre maison prendra des ailes pour s'envoler au lieu que vous aurez choisi. Si vous avez besoin de moi, vous jetterez toute votre poudre dans le feu, et je paraîtrai.

La fée sortit.

M. Dufour, bien étonné de cette aventure, se dit : Elle se moque de moi. Comment me persuadera-t-elle qu'une maison prenne des ailes et s'envole? ne tient-elle pas à la terre par ses fondations? Cependant le pouvoir des fées n'a point de bornes, à ce qu'on dit. Pour moi, voilà la première que je rencontre, et si je m'avise de douter de sa puissance, elle pourra bien m'en punir. Essayons son talisman, quoique je n'y croie pas, et voyons.

Le soir, M. Dufour écrivit : je désire habiter le sommet d'une montagne d'où je puisse jouir de la plus belle vue.

Il mit sur son papier un peu de la poudre d'or enchantée, et il se coucha, persuadé qu'il se retrouverait, le lendemain, dans le même endroit.

Quelle fut sa surprise, à son réveil, de voir que, bien qu'il eût fermé ses rideaux, sa chambre brillait d'un éclat tout nouveau de lumière!

Il ouvre ses fenêtres et voit qu'il est en effet sur le sommet à pic d'une haute montagne. Sa maison, qu'il parcourt, ses dépendances, son jardin lui-même et jusqu'à ses caves, tout s'y trouve transporté! Il retrouve ses tonneaux, son vin, ses provisions rangés dans le même ordre où il les a placés, et il n'y a pas une bouteille, je ne dis pas cassée, mais seulement dérangée.

C'est bien commode, se dit-il en riant; et voilà une singulière voiture qui vous transporte, tout logé où vous voulez. Voyons, examinons la vue superbe dont je jouis maintenant. Ah, quel horizon! que de plaines, que de bois, que de coteaux! A droite, à gauche, en face, derrière moi tout est à perte de vue, tout est varié! c'est admirable! Ah, voilà ce que je désirais depuis longtemps! je vais vivre heureux ici comme un sage, comme un véritable philosophe, et c'est pour le coup que je n'ai plus de vœux à former. Sachons maintenant comment on peut s'approvisionner pour la nourriture, sur ce roc qui me paraît bien escarpé.

M. Dufour n'avait point de domestique; habitué à une vie frugale, il allait chercher ce qui lui convenait et l'accommodait lui-même à sa guise. En regardant d'en haut, il remarqua au pied de la montagne un joli village, et persuadé qu'il y trouverait boulanger, boucher, tout ce qu'il faut, il y descendit; mais le chemin était si mauvais, si rocailleux, si raide surtout, qu'il manqua vingt fois de se rompre le cou. Il revint peu content, fit son petit dîner, et oublia bientôt le mauvais chemin en jouissant de la plus belle vue possible.

Cela alla assez bien pendant à peu près six mois; mais au bout de ce terme il se repentit de son changement. D'abord, les chemins qui montaient à son rocher devinrent impraticables. En second lieu, ses arbres, ses légumes, ne trouvant plus qu'une terre aride, sablonneuse, bien loin de lui rapporter, comme auparavant, des fruits délicieux, des graines nourricières, un petit vin blanc, pétillant comme le vin de Champagne, crevèrent tous, et son beau jardin de douze arpens devint une véritable plaine aussi sèche, aussi stérile que celles qui couvraient le plateau de la montagne.

Oh! que j'ai mal fait! s'écria-t-il. J'ai tout

perdu, sans en trouver d'autre dédommagemen;
que cette prétendue superbe vue qui, dans le fond,
est toujours la même chose. Qu'est-ce qu'on voit
là-bas, toute l'année? des plaines, des collines, des
forêts, et continuellement des forêts, des collines
et des plaines! Quand on a contemplé cela plusieurs
fois, on en a pour la vie à les connaître, et rien
n'est plus monotone que de voir sans cesse les mêmes objets. C'est de plus une nature morte ; car
tout cela est si éloigné que la meilleure lunette
d'approche ne vous y ferait pas distinguer un être
vivant. Et puis pour avoir cette froide jouissance,
il faut vous nicher sur des montagnes escarpées, où
vous êtes rôti l'été, gelé l'hiver. Le vent du midi
brûle tout, le vent du nord brise tout. Ces deux
mauvais aquilons dévorent mes plantes, déjà des-
séchées par un terrain sec et dénué de sève. Que
vais-je devenir. pendant cet hiver qui commence
déjà à se faire sentir ? Je ne pourrai aller chercher la nourriture la plus indispensable ; il me sera
impossible de me chauffer, faute de bois qu'on ne
peut faire monter jusqu'ici qu'à force de chevaux
et de frais. D'ailleurs j'y suis aussi dans une trop
grande solitude. Quelque ami qu'on soit de la
tranquillité, on aime à rencontrer des figures nouvelles. J'y ai plus d'une fois regretté de ne plus
voir mes bons paysans, leurs ânes, leurs chevaux,
leurs mulets; leurs charrettes de foin, de paille,
de fumier. Oh! que je suis heureux de n'avoir pas
bâti ma demeure dans ce désert! heureusement je
puis l'en retirer. Allons, allons, à ce soir, à ce soir.

Quand la nuit fut venue, il écrivit : *Je préfère
une riante prairie, coupée d'une jolie rivière et
boisée en bocages frais, à la porte d'un hameau.*

Il jette de la poudre d'or, et se promet cette fois
de ne pas se coucher pour être témoin du voyage

de sa maison et jouir des effets de son vol hardi. En conséquence, il se mit à la fenêtre ; mais bientôt le sommeil s'empara tellement de ses sens, qu'il n'eut que le temps de se jeter dans un fauteuil, où il s'endormit profondément.

Il fut réveillé par le chant doux et varié d'une multitude d'oiseaux ; il ouvrit ses yeux et crut qu'il ne faisait pas encore jour, tant le ciel lui parut sombre ; mais il remarqua bientôt que ses croisées étaient obstruées par des arbres serrés et touffus. Il regarda dehors, et s'aperçut que sa maison était maintenant placée dans une plaine qu'ornaient çà et là des arbres fruitiers. Le murmure des eaux l'avertit qu'il était près d'une rivière. Une petite rivière, en effet, serpentait dans la plaine, venait traverser son jardin ; et, ce qu'il y a de plus singulier, c'est que ce jardin avait recouvré ses arbres, ses plantes, ses berceaux, ses vignes, tout ce qu'il possédait auparavant.

O fée Bonace ! s'écria-t-il, je te remercie, tu as comblé mes vœux !

Il sortit visiter la plaine, qui était des plus agréables, et à la porte d'un bourg rempli de châteaux et de maisons de campagne qui se le disputaient, les unes les autres, en beauté, en variété. A la bonne heure, se dit M. Dufour ; je vivrai parmi des vivants. Oh ! je suis au comble de la joie.

Il ne tarda pas à revenir de cette ivresse. D'abord, on était dans le temps des chasses ; les daims, les cerfs sautaient dans son jardin ; les grands seigneurs qui occupaient les châteaux voisins, entraient, sans demander permission, chez lui avec leurs chevaux, leurs chiens, leurs valets, et pour attraper leurs bêtes ils y faisaient un dégât épouvantable. En vain se plaignait-il de ces excès, on lui riait au nez. Il avertit un jour ces pillards qu'il tuerait toutes les bêtes fauves qu'il trouverait chez lui ; on le menaça des galères, et il n'osa plus rien dire.

Après ces chagrins, il en eut d'autres. Sa rivière déborda, mit dans l'eau son jardin, ses caves et jusqu'au rez-de-chaussée de sa maison ; il fallut qu'il se retira dans les combles, la plaine n'offrant plus qu'un vaste lac. Il passa encore là-dessus, espérant que l'été lui ramènerait des jouissances. Il fut humide, froid, venteux et empêchant la terre de produire ; si bien que, par la raison inverse de sa montagne, M. Dufour ne récolta rien, ou que peu de chose. Avec cela, tous les habitants du bourg le regardèrent comme un ours, qu'ils se montrèrent au doigt. Il devint la risée même des domestiques, qui se moquèrent de lui parce qu'il mettait son pot au feu lui-même, et n'avait pas de cuisinière. Les chasses recommencèrent, et ce fut bien pis, car étant très près d'un château royal, où le souverain alla passer un mois, tous les grands de la cour vinrent visiter les seigneurs du bourg, et ceux ci, se mettant en troupe, ne laissèrent rien sur pied dans la maison de M. Dufour, pas plus que dans la plaine, qui se trouva dévastée.

Allons, se dit notre homme, ce n'est pas encore là l'asile du sage. A ce soir !

Il écrivit : *Toute réflexion faite, la montagne est aride, la plaine est humide ; sur l'une on ne voit personne, dans l'autre on est gêné, tourmenté par trop de monde ; je renonce à la campagne, je retourne à la ville. Placez-moi, bonne fée, au bout d'une file de maisons ; que j'aie des voisins, des amis, des connaissances au moins ; c'est le dernier vœu que je forme.*

Après avoir usé de son précieux talisman, il se mit dans son lit, s'inquiétant peu maintenant du vol de sa maison, présumant que la fée l'endormait à dessein pour qu'il n'en fut pas témoin Il s'endormit en effet sur-le-champ et profondément. A peine avait-il fait son premier somme, que vingt horloges sonnèrent l'une après l'autre l'heure à ses oreilles. A ce tapage succéda le bruit des passants, des chiens, des chevaux, des voitures; enfin, le cri des ramoneurs, des marchands ambulants; tout l'avertit qu'il était dans une ville. Il se leva, remarqua des reverbères qui commençaient à s'éteindre, et se dit : Ah ! tant mieux, me voilà enfin en ville; là on peut rester autant inconnu qu'on veut l'être. Point d'inondation, ou du moins rarement. Point de cerfs, de daims, de grands et chasseurs qui vous bouleversent votre maison ! Je verrai mes anciens confrères; j'irai dîner, souper en ville, au café, au spectacle. Ah ! il faut en revenir à cette vie-là; c'est la seule qui soit variée, agréable. Mais ai-je toujours mon jardin? (il regarde.) Oui, il est entouré de grands bâtiments ! Qu'est-ce que cela veut dire?

Il sort, s'aperçoit qu'il est justement dans un faubourg de la ville, qu'il connaît; il s'en réjouit parce qu'il n'en sera que plus près de ses amis.

Cependant, il est entouré de manufactures, d'ateliers, d'usines; sa maison même est mitoyenne, à droite, à une fonderie de suif, à gauche, à une manufacture de colle-forte ; son jardin est appuyé au nord à une distillerie d'esprit-de-vin, au levant, à un vaste atelier de charronnage, et au couchant, à une manufacture d'eau de javelle, établie sur une petite rivière bordée, à droite et à gauche, de blanchisseuses.

M. Dufour est empoisonné là par mille odeurs infectes, étourdi par des maillets, des marteaux, des battoirs. Il veut se dissiper en allant voir ses anciennes connaissances. Il en reçoit des dîners, il en rend; il va au café, il perd aux dames, aux dominos, il se ruine peu-à-peu; il commence enfin à faire des réflexions : La ville n'est bonne que pour ceux qui s'y occupent d'affaires quelconques, ou qui ont une grande fortune pour se retirer. Je commence à regretter le premier village où j'ai fait bâtir ma maison; j'y étais plus tranquille que partout ailleurs; ici je suis trop dissipé, enivré d'odeurs insupportables; et, pour comble de malheurs, la fumée de toutes ces usines noircit mes arbres, les empêche de rapporter; je ne récolte pas plus ici que dans la plaine et sur la montagne : j'étais à mi-côte et j'avais de tout! C'est, au moral, le sort de l'homme raisonnable qui sait se tenir entre le trop haut, le trop bas, enfin, entre les deux excès en tous genres.

En réfléchissant ainsi, il se mit au lit; mais des cris affreux *au feu! au feu!* l'en tirèrent bien vite : La fonderie de suif avait mis le feu à tous les établissements voisins; sa maison, entre deux incendies, devenait déjà la proie des flammes; il veut courir à son secrétaire, écrire un mot pour la faire envoler.... impossible! un tourbillon de fumée l'en empêche. Le secrétaire brûle, et par conséquent le précieux talisman qu'il y a renfermé. Cependant, on enfonce les portes; vingt jets d'eau des pompes à incendie, dirigés sur la chambre, vont le noyer au milieu du feu, le pauvre M. Dufour s'écrie : *O fée Bonace à mon secours!*

Elle paraît. Elle lui dit : Où veux-tu aller? — Eh mon Dieu dans mon village, dans mon village! à la place où j'étais avant tous ces changements.

La fée le touche de sa baguette, il s'endort et se réveille au lieu où il avait fait bâtir sa maison. Elle n'est nullement endommagée. Le secrétaire même s'y retrouve à sa place; les traces du feu sont effacées partout.

M. Dufour, au comble de la joie, se jette à ge-

noux et s'écrie : O bonté suprème! tu m'as trop
bien favorisé. Insensé que j'étais de vouloir changer une existence que ma modique fortune et la
simplicité de mes goûts rendaient si douce ici! Je
ressemblais à ces gens qui, ne se trouvant bien
nulle part, vendent leur propriété pour en acheter
une autre; revendent celle-ci, en rachètent une
nouvelle; courent ainsi plusieurs contrées, et d'acquisitions en acquisitions, finissent par tout perdre, soit par des dettes, des charges trop onéreu-
ses, soit par des accidents, comme cet incendie qui
a pensé me priver de mon unique avoir. Quand
nous sommes bien, tenons-nous-y, contentons-
nous même d'être passablement. L'amour du changement ne mène à rien de bon; le sage reste dans
la position où le ciel l'a placé, et il est heureux.

Le petit Chien coiffé.

—

Il y avait, une fois, un roi et une reine qui,
bons, humains, sensibles et généreux, se plai
saient à aller, sous un déguisement, visiter les
pauvres dans leur chaumière. Dans une de ces
estimables tournées, ils virent une maison modeste
d'apparence, mais qui leur parut propre et bien
soignée. Pressés par un orage qui s'annonçait, ils y
entrèrent, demandèrent l'hospitalité, et furent re-
çus à merveille par une femme de soixante ans en-
viron, qui fit, avec une politesse et un zèle peu
communs, les honneurs de sa maison. Elle ne savait pas qui étaient les gens auxquels elle parlait

et ne les en reçut pas moins avec autant d'égards que si elle eût connu leur haut rang. Le roi et la reine en furent enchantés.

Une petite fille était là, qui jouait avec les plis du vêtement de la belle dame. Est-ce à vous, dit la reine, cette jolie petite enfant que voilà? — Madame, répondit la maîtresse de la maison, c'est une orpheline; sa mère était ma fille : je l'ai perdue, hélas! ainsi que mon gendre. Tous deux sont morts à la fleur de leur âge, à la suite du chagrin d'avoir tout perdu. Mon gendre était un riche banquier; des banqueroutes qu'on lui a fait éprouver, des opérations ensuite imprudemment dirigées, l'ont ruiné complètement, il en est mort; sa femme l'a suivi de près, et je me suis chargée, quoique bien peu fortunée moi-même, de leur pauvre fille, qui n'avait plus que moi sur la terre — C'est bien estimable. Comme elle est jolie, cette petite! Vous la nommez? — Arsènia. — Et vous, bonne femme, —Berthe est mon nom. Je suis veuve d'un peintre; il ne m'a laissé qu'une petite rente que je partage avec ma chère Arsènia. — Quelle charmante enfant! Quels yeux, Quelle bouche! Quelle fraîcheur! — Ne la vantez pas trop, madame. Elle n'a que huit ans; mais elle sait bien qu'elle est gentille. — Gentille n'est pas le mot; elle est belle comme le jour. Elle fera une superbe femme. — Je crains seulement qu'elle ait trop d'orgueil, trop de prétentions; car elle se quarre déjà, elle se mire, elle se pare, elle se pavane comme une petite coquette; cela ne me conviendrait pas, moi qui suis simple, et, j'ose le dire, modeste dans mes goûts.

La reine réfléchit et dit au roi : Mon ami, il me semble que voilà l'occasion de placer la cassette en question. — Vous avez raison, répondit le roi. Vous saurez, bonne Berthe, qu'une fée de notre connaissance nous a remis un trésor à condition que nous le donnerions en dot à la première orpheline qui nous paraîtrait le mériter. — Un trésor! pour une orpheline; voilà qui est singulier. Une fée a promis aussi à cet enfant, lors de sa naissance, qu'elle posséderait un jour un trésor. — C'est peut-être la même fée, et il n'y a pas de doute qu'il ne soit destiné à votre Arsènia. Vous le recevrez tantôt, madame, et vous le lui conserverez intact, en tutrice fidèle, jusqu'à ce qu'elle ait l'âge de raison, jusqu'à ce qu'elle ait fait choix d'un époux digne d'elle. N'oubliez pas de lui dire alors que si elle en faisait un mauvais usage, ce trésor s'évaporerait et deviendrait à rien. C'est une clause que la fée a mise à son cadeau. — Je ne l'oublierai pas. — Adieu, bonne Berthe; élevez bien, comme vous paraissez capable de le faire, cette charmante enfant, que nous regardons comme un trésor plus précieux que l'autre.

Le roi se retira avec la reine, après avoir embrassé tous deux la toute jolie Arsènia; et le soir, un domestique vint apporter à Berthe le trésor qu'on lui avait promis.

C'était un coffret d'un bois rare et moucheté. Berthe l'ouvrit et resta aussi étonnée que joyeuse de le voir rempli de diamants, de grosses perles et de quantité de pièces d'or. Attends maintenant, dit-elle à ce coffre, comme s'il pouvait l'entendre, attends que ma petite fille soit en état de t'apprécier. Je vais te renfermer soigneusement, et je ne t'en ôterais pas la plus faible partie, quand je devrais tirer la langue d'un pied de long.

Elle serra le coffre, et ne s'occupa plus que d'élever Arsènia.

La petite grandit en beauté, en grâces, en talents. Outre qu'elle faisait en perfection tous les ouvrages du sexe, elle dansait, elle chantait et pinçait très bien de la harpe; sa bonne grand-mère en raffolait.

Berthe avait soixante dix ans, et Arsènia en

comptait dix-huit. Berthe pensa qu'il était temps
de lui découvrir le secret du trésor, qu'elle lui mon-
tra. Arsènia, qui était devenue haute, fière, dédaigneuse, le fut bien davantage quand elle sut
qu'elle avait une dot si brillante. Il lui sembla
qu'aucun homme, quel qu'il fût, ne pouvait, ni la
mériter, ni même l'approcher. Sa grand'mère lui
proposa sept à huit partis, qu'elle refusa. Il y en
avait pourtant de très brillants, que ses charmes
seuls attiraient. Sa beauté, ses talents étaient si séduisants, que l'on comptait parmi les prétendants,
des fils de directeurs des fermes, des conseillers au
parlement, ou des meilleurs négociants de la ville
Rien de cela ne lui convenait; la fière et haute Arsènia ne voulait, tout au moins qu'un prince pour
mari.

Elle fut deux ans encore à persister dans les refus les plus obstinés. La bonne Berthe était déses-
pérée. Pense donc, lui dit-elle un jour, qu'il serait
doux pour moi, qui t'ai élevée, de te marier avant
de mourir. Tu ne songes pas que je suis bien vieille,
que je puis passer d'un moment à l'autre, et que
tu resterais seule, sans appui, sans conseils sur la
terre! Veux-tu rester fille ? — Je ne suis pas faite
pour cela. Tant de laidrons se marient, qu'une belle
personne comme moi ne peut pas manquer de trou
ver un époux. — Mais tu les refuses tous. — Que
voulez-vous? je trouve tous les jeunes gens qui se
présentent, ou trop ignorants ou trop suffisants;
j'attendrai qu'il s'en présente un à mon goût. — Tu
attendras ! mais long-temps, à ce qu'il me paraît ;
alors tu deviendras une vieille fille, et les garçons
s'éloigneront de toi.

Tous les jours c'était des querelles de ce genre,
et sur ce point, entre l'aïeule et la petite fille; enfin, la bonne Berthe tomba malade, et, sentant sa
fin approcher, elle répéta à Arsènia les mêmes re-
oches et les mêmes conseils. Arsènia, tout en

témoignant à sa mère grand le plus tendre intérêt, lui tint toujours tête, et prétendit encore qu'elle avait le temps de choisir. Tu choisiras si bien, lui répondit Berthe en colère, que tu finiras par épouser le premier chien coiffé! C'est une expression gothique, mais qui trouve son application ici. Je te prédis cela, vois-tu, avant de mourir. Tu seras trop heureuse, un jour, de prendre un magot! Songe toujours au trésor. Je t'ai dit ce qui t'arriverait si tu ne l'employais pas en personne sage et raisonnable.

La grand-mère mourut. Arsènia lui donna d'abord des regrets; mais sa coquetterie reprenant bientôt le dessus, elle toucha au trésor, prit un train de maison, laquais, chevaux, voitures, et elle se lança dans les plus hautes sociétés. Vingt jeunes gens demandèrent encore sa main; elle la refusa, préférant sa liberté et le genre de vie qu'elle menait.

Elle se conduisit avec cette légèreté jusqu'à l'âge de vint-cinq ans. Sentant alors qu'elle commençait à devenir une fille faite, et que cela lui donnait un ridicule dans le monde, elle se repentit; mais il n'était plus temps. Il ne se présentait plus aucun parti; elle avait découragé tant de jeunes gens, que ceux ci avaient fait part à d'autres de sa sévérité; personne ne voulait maintenant de la trop fière Arsènia.

Elle réfléchit, un jour, seule dans son appartement, et se dit: Quelle est ma position? je n'irai pas recourir aux gens auxquels j'ai témoigné trop d'indifférence, ou même du mépris. Je ne leur dirai pas: *Revenez à présent, je veux bien de vous.* Je pourrais m'exposer, à mon tour, à des refus qui m'humilieraient trop. Je vais donc rester fille! mourir fille, c'est un triste sort. Eh! mais, il me reste au moins les trois quarts de mon cher trésor; personne n'a su jusqu'aujourd'hui que j'en possède.

na. Parlons-en ; vantons-nous d'avoir une immense fortune. L'amour de l'or ramènera sans doute à mes pieds ceux que ma sotte fierté en avait éloignés. Il s'en présentera d'autres au moins, et, cette fois, je me dépêcherai de choisir. Voyons ce qui me reste de mon trésor, auquel je n'ai pris que quelques poignées d'or et des diamants. Le coffre en est toujours bien lourd. Ouvrons-le, et faisons ce que je n'ai pas encore fait, comptons ce qu'il renferme.

Ce coffre précieux était dans son secrétaire. Elle s'en approche.... O surprise! il en sort tout-à-coup une épaisse fumée. Rien ne paraît brûler, et cependant tout noircit, tout fume, tout se consume autour d'elle. Secrétaire, commode, meubles, glaces, tout tombe en cendres, et elle est forcée de sortir de son appartement pour n'être pas étouffée par la fumée qui le remplit.

Arsènia court à son écurie, à sa remise; ses deux chevaux isabelle, qui étaient attelés à la voiture, l'ont emportée je ne sais où; le cocher est parti; elle est seule, absolument seule, au milieu d'un monceau de cendres; privée de tout, et par conséquent du trésor, qui s'est consumé comme le reste, qui, dangereux talisman peut-être, a produit ce triste événement dont on l'avait menacée, sans lui en dire la nature, en cas qu'elle en fît un mauvais usage.

Arsènia, réduite aux seules hardes qu'elle a sur elle et à sa bourse, qui est assez bien garnie, sort comme une folle dans la rue, court gagner la campagne, s'y promène, et réfléchit en versant un torrent de larmes. Suis-je assez malheureuse, se dit-elle, de n'avoir pas suivi les sages conseils qu'on m'avait donnés? Ce trésor était destiné à me servir de dot, et je commençais à le dissiper en futilité de tout genre! Que faire à présent? Que vais-je devenir? Qui voudra de moi? Personne... Oh, ma bonne mère grand ! vous aviez bien raison de dire que j'épouserais le premier chien coiffé ! Encore savoir, à présent s'il voudra de moi !

Comme elle finit ces mots, elle entend près d'elle, un chien qui aboie : *Oua , oua, oua.*

Elle se retourne et voit un petit chien noir marqué de feu, à long museau, noir dessus, brun des deux côtés. pattes d'un roux fauve, col blanc dessous et large, peau d'estomac blanche aussi; mais, ce qui ferait rire Arsènia si elle n'était pas si profondément affligée, c'est que ce petit chien est vraiment coiffé, et très élégamment. Il a, sur le sommet de la tête, un petit feutre blanc, orné de plumes très solidement arrêté, avec un ruban qui est noué sous le col. Ce chapeau, mis de côté, laisse voir dessous une petite bonnette de dentelle; et comme le chien a les oreilles coupées et le front haut, tout cela qui emboîte bien la tête, d'où sort sa longue gueule pointue, très fendue, et armée de dents blanches comme de l'ivoire.

Ce singulier animal se pose sur son train de derrière et semble regarder fixement Arsènia, en agitant vivement sa queue. Arsènia, plus qu'étonnée, lui dit, comme s'il pouvait lui répondre : Qui es-tu ? Que me veux-tu ? Qui t'a affublé

Oua, oua, ouacq.

Comment ! A l'instant où je parle du chien coiffé, tu te présentes à ma vue ! Cela n'est pas naturel.

Oua, oua, oua, oua, oua, ouacq.

Tu me regardes, bon chien ; tu sembles t'intéresser à ma douleur. Ah! il ne te manque que la parole.

J'en ai le don.

Arsènia, l'entendant parler, jette un cri et veut se sauver. Le chien court après elle et lui dit : Demeurez, belle Arsènia; une fée généreuse m'envoie à votre secours. Restez de grâce ; je ne demande qu'à vous prouver mon zèle et mon attachement.

Arsènia s'arrête en disant : En croirai je mes yeux et mes oreilles! Un chien qui parle! Un chien coiffé, tel qu'on m'en a menacée ! en vérité, le destin se joue de moi, et c'est un châtiment de plus qu'il m'envoie pour m'humilier. Va-t-en, enchanteur, démon, qui que tu sois! — La fée, répond le chien, m'a ordonné de ne plus vous quitter ; il me serait aussi impossible de le faire qu'à vous de me chasser. — Mais cela n'a pas de bon sens. Que peut devenir une pareille liaison? — Ce que devient, tous les jours, dans le monde, l'attachement d'un chien fidèle pour une bonne maîtresse qu'il chérit. — Mais je vais bientôt manquer de pain pour moi-même; comment veux-tu que je t'en donne? — Si vous suivez mes conseils, je vous indiquerai les moyens d'en avoir; et quelque chose avec. Vous verrez que votre petit Pretty vous sera bien utile. — Tu t'appelles *Pretty*? — C'est mon nom. Voyons, comptez-moi vos chagrins. — Hélas, mon pauvre Pretty, j'ai vu tout ce que je possédais s'en aller en fumée ! —C'est ce qui arrive à bien des gens. Après? — Après? Voilà tout. N'est-ce pas assez? Je suis ruinée; je ne possède plus qu'une douzaine de pièces d'or, et encore parce qu'elles étaient sur moi. — Il faut les ménager et les dépenser utilement. Suivez-moi ; je vais commencer à vous indiquer ce que vous aurez à faire. Je vous avertis que je ne parlerai pas, tant que vous serez avec quelqu'un. J'aboierai; je ferai seulement deux fois *oua*, *ouacq*, pour avertir d'accepter ce qu'on vous proposera. Si je fais plusieurs fois comme cela, *oua, oua, oua, oua, oua, ouacq*, cela vous indiquera que vous devez refuser. Encore une fois, suivez-moi.

Il se mit à courir devant. Un cocher de cabriolet
passa, et comme il n'avait personne dans sa voiture, Arsènia, fatiguée, lui demanda à monter.
Je vous objecte, lui dit le cocher, que je ne vais
pas à la ville d'où vous semblez venir, mais à cette
autre qu'on voit là-bas, à trois lieues d'ici; si madame y a affaire, à la bonne heure.

Le petit chien fit *oua, ouaq;* Arsènia comprit
qu'il voulait qu'elle allât à cette ville. Elle monta
donc dans le cabriolet, prit Pretty sur ses genoux,
et elle arriva à la ville, où elle descendit dans la
place publique. Il faut maintenant, dit-elle à
demi voix, que je cherche une auberge.

Le petit chien fait *oua, oua; oua, oua; oua,
ouaq.* — Non? il ne faut pas que j'aille à l'auberge? Je vois là un écriteau... c'est pour deux
chambres, dans cette maison. — *Oua, ouaq.* —
Meublées. — *Oua, ouaq.* — Il faut que je les
loue? — *Oua, ouaq.* — Voyons.

La foule entourait Arsènia pour rire de son petit chien coiffé. Elle se hâta de louer les deux
chambres et d'y monter. Quand elle y fut seule
avec son chien, elle lui dit : Tu m'as conseillé ce
que je viens de faire. — Vous avez bien fait de
suivre mon avis! — Eh bien, après? — Après?
Vous savez broder, danser, faire de la musique;
on donne des leçons, on travaille, on vend son
ouvrage. — C'est bien dur pour une fille comme
moi! — Ah! un reste d'orgueil. Il ne vous con-
vient plus, Arsènia; vivez honnêtement du produit de votre travail, et vous verrez que vous
vous tirerez d'affaire.

Arsènia suivit ce nouveau conseil, d'abord avec
dégoût, ensuite avec plaisir et zèle; car elle y
gagna beaucoup d'argent. Toute la ville était si
curieuse de voir son petit chien coiffé, que pour
en trouver le prétexte, les uns donnaient de l'ouvrage à sa maîtresse; les autres prenaient de ses

leçons, en la priant de leur amener son charmant Pretty. Elle ne le sortait jamais dans les rues ; mais elle l'emportait sous son bras, caché dans son mantelet, pour le faire voir aux personnes qui lui étaient utiles. C'est ainsi qu'au bout d'un an elle se vit en possession d'une fort jolie fortune ; mais son caractère étant totalement changé, bien loin de la dissiper en dépenses folles, elle ne songea qu'à l'augmenter, ayant tout-à-fait perdu et son orgueil, et sa légèreté.

L'année d'après, elle fut mise à une épreuve assez délicate. Une de ses écolières avait un frère beau comme l'amour. Ce jeune homme devait, après la mort de son père, hériter d'une fortune considérable. Il devint amoureux d'Arsénia, et supplia son père de la demander pour lui, en mariage. Le père, chérissant son fils, céda à ses instances, et dit un jour à notre Arsénia, à la suite d'une conversation où il apprit qu'elle était libre de sa main. Vous avez tant de talents et de charmes, mademoiselle, qu'ils ont séduit mon fils. Je me suis chargé de vous dire qu'il serait bien heureux, et moi aussi, si vous daigniez faire tomber votre choix sur lui.

Arsénia connaissait le jeune homme ; elle le trouvait très aimable, et, craignant d'être punie par le célibat d'un nouveau refus, elle allait répondre affirmativement, lorsqu'à son grand étonnement, Pretty, qui était là, se mit à faire une longue file de *oua, oua ; oua, oua ; oua, oua ; oua, oua ; aua, ouaq !*

Elle comprit qu'il ne lui conseillait pas cet hymen, et elle refusa le plus poliment qu'elle put.

Mais, quand elle fut chez elle, elle s'empressa de demander à Pretty pourquoi il l'avait empêchée d'accepter un parti aussi riche, aussi sortable. — Ma bonne maîtresse, lui répondit le chien, vous trouverez mieux que cela. — Mieux que cela ! Un jeune homme bien fait et qui aura plus de vingt mille livres de rente. — Celui qui vous aime en a plus de cent mille; bah! plus d'un million. — Quelqu'un m'aime, Pretty? — Oh! oui, ma belle maîtresse, et de toutes les forces de son âme. — Me l'a-t-il dit? Je ne l'ai jamais vu. — Vous l'avez vu, et il vous a déjà donné des preuves de sa tendresse. — Tu te trompes, personne n'est venu me parler d'amour. — Il n'a pas osé, attendu qu'il est si laid, si laid! Oh! si le sort lui a donné une fortune immense, il ne l'a pas favorisé du côté de la figure. — Je ne regarderais point à la figure s'il avait un bon cœur. — Oh! un cœur bon : sensible, tel que le vôtre l'est à présent. — Voilà une chose bien étonnante. Tu parles de lui!... Il t'a donc pris pour son confident? — Pouvait-il en choisir un qui connût mieux tout l'excès de son amour! — Est-il jeune? — Il l'est... il le sera toujours. — Toujours, je ne comprends pas... Mais pourquoi ne s'est-il pas déclaré? — Il a craint de vous choquer par sa hardiesse, et sur-tout par sa figure, qui ne prévient pas en sa faveur. — Quel qu'il soit, je veux le voir, le dissuader de s'attacher ainsi à une orpheline qui a commis tant de fautes, qui en a été bien justement punie, et qui n'a pas besoin, pour s'en repentir, de la triste solitude dans laquelle elle est tombée. — Est-il vrai que vous sentiez enfin vos torts? belle Arsènia! — Oh! ils sont irréparables. — Non, ils ne le sont

Un bruit qu'Arsènia entendit derrière elle, la fit tourner la tête; c'était un meuble qui s'était renversé. Elle se levait pour le relever, lorsqu'elle se sentit presser par une main qui la força de se rasseoir. Quelle fut sa surprise de voir la chaise sur laquelle elle était assise, changée en un sopha couleur de rose, des plus élégants, et à ses pieds un jeune homme qui lui serrait la main, en la regardant tendrement.

Vous ne voyez plus, lui dit ce jeune homme, votre joli petit chien, mais un amant non moins fidèle que lui. Vous remarquez, sur ma tête, le même chapeau, la même dentelle que je portais étant Pretty. J'abandonne ce déguisement pour vous offrir un époux qui brûle d'obtenir de vous ce titre précieux. Qui êtes-vous? lui demanda Arsènia. — Je suis le fils de la fée qui, par les mains d'un roi et d'une reine, vous a fait parvenir un trésor, à vous destiné dès votre naissance. Ma mère désirant vous éprouver pour vous pardonner ensuite, m'ordonna de prendre la forme de Pretty, pour vous donner de sages conseils. Je vous vis, je vous aimai sur-le-champ; mais je suis si laid de figure que je n'osai pas me montrer.

Arsènia le regarda, et, ne le trouvant pas tout-à-fait si mal qu'il voulait bien le dire, elle lui répondit : Quoi, vous étiez ce bon Pretty! — Seulement pour vous accompagner, et ici pour causer avec vous. Dans les autres moments où je paraissais dormir, et toutes les nuits sur-tout, j'allais retrouver ma mère, laissant ici un simulacre de chien, que je venais ranimer quand je pouvais vous être utile à quelque chose. J'ai, moi-même, le don de la féerie, et si vous daignez accepter ma main, vous n'aurez, dans le monde rien à dé-

Le faux Pretty n'était pas beau à la vérité, mais, du reste, il était extrêmement aimable. Il devint l'époux d'Arsènia, qu'il rendit fort heureuse, quoiqu'elle eût épousé, ainsi qu'on le lui avait prédit, un petit *chien coiffé*.

Son bonheur ne doit pas engager les jeunes filles orgueilleuses et coquettes à faire comme elle; car, aujourd'hui qu'il n'y a plus de fées, elles n'ont pas de fils à marier, et le conte du *Chien coiffé* pourrait bien avoir le dénouement de la Dédaigneuse et du Héron de la fable.

Gourmandinet

OU LA FÉE BERLINGUETTE.

Je finis ce recueil, mes enfants, par un petit conte bien court, mais qui pourra donner une utile leçon à plusieurs d'entre vous.

Fanfan avait neuf ans, et il était si gourmand que tout le monde lui avait donné le surnom de Gourmandinet. Cela était bien honteux pour lui, mais il n'en sentait pas le ridicule, et semblait au contraire prendre, tous les jours, plaisir à le justifier.

Comme on le tenait très-ferme chez ses père et

mère, on le suivait par-tout dans le jardin. On lui
défendait même d'entrer dans la cuisine, de peur
qu'il n'y prît quelques friandises. Cela n'empêchait
pas qu'il ne trouvât toujours le moyen d'aller dé-
rober des fruits. Un dimanche que ses parents
étaient allés à la messe, Gourmandinet étant resté
à cause d'une légère indisposition, il échappa à la
surveillance de sa bonne, se glissa d'allée en allée
jusque derrière une charmille de forts groseillers,
et là, il s'en donne à cœur joie.

Il devint bien rouge cependant quand il vit paraître devant lui une belle dame d'un certain âge
qui lui dit : Ne t'effraie pas, Gourmandinet; je
suis ta marraine; je ne t'ai pas vu depuis six ans,
et aujourd'hui, je vais t'emmener à ma campagne
pour y passer quelque jours. Seras-tu content? —
Oh, oui, mada... ma marraine. — On dit que tes
parents sont sortis? — Ils vont revenir, ma marraine. — Continue; mange toujours des groseilles,
cela me fera plaisir. Oh ! je ne te priverai de rien
chez moi.

Merci, ma marraine. — Cesse cependant; car
voilà ton père et ta mère.

M. et madame Grandin se présentent et disent :
Eh, c'est madame de Folleville! — Bonjour, mes
amis, répond la dame. Vous avez reçu une lettre
de moi? — Cela est vrai, répond M. Grandin;
mais vous nous marquez que vous ne viendrez que
dans huit jours, et vous voilà aujourd'hui? — J'ai
hâté mon voyage. Je brûlais de voir, de posséder
mon petit filleul, et je l'emmène aujourd'hui,
comme je vous l'ai demandé. — Madame, il est à
vous, mais pour la semaine seulement; et veillez
bien sur lui, car il est si gourmand ! — Ne craignez
rien, il est en bonnes mains.

On dîna; puis madame de Folleville monta dans
sa voiture avec Gourmandinet, qu'elle emmena à

sa maison de campagne, située à une lieue de là.

Madame de Folleville avait une fille de douze ans, qu'elle donna pour compagne à Gourmandinet; puis elle dit à ce dernier : Ah ça, mon garçon, je suis obligée d'aller dans une de mes terres. Pendant mon absence, tu auras ici tout ce que tu voudras. Tu cueilleras dans le jardin tous les fruits qui te plairont. Ma domestique a l'ordre de ne te rien refuser. C'est comme cela que j'ai élevé ma fille. Oh! je ne ressemble pas à tes parents, moi; je ne gêne les enfants sur rien. Bonsoir; à demain.

Le lendemain, madame de Folleville partit. On était à la fin de l'été; Gourmandinet courut au jardin, et mangea en quantité des prunes, des poires, du raisin, tout ce qu'il voulut. A déjeûner, à dîner, à goûter, à souper, la cuisinière lui servit, ainsi qu'à la petite fille, qui mangeait tête à tête avec lui, des mets exquis, des pâtisseries, des fromages à la crème, des confitures en quantité. Cette cuisinière se retirait sans mot dire, quand elle avait servi ses plats, de manière que nos deux enfants dévoraient tout ce qu'ils voyaient. Quelle fête pour Gourmandinet!

Mais Gourmandinet s'en donna tant, et à table et au jardin, pendant six jours, que les meilleurs fruits, les plus beaux mets, tout finit par le dégoûter : bien plus, il se sentit si malade, si malade, que, craignant de mourir là, il résolut de ne pas attendre le retour de sa marraine, dont l'excès de licence lui paraissait blâmable au fond du cœur. Il partit à pied, et ce fut tout ce qu'il put faire que d'arriver chez ses père et mère, auxquels il fut forcé d'avouer les excès auxquels il s'était livré.

Il était si pâle, si souffrant, qu'on le mit au lit, où bientôt la plus violente indigestion le conduisit aux portes de la mort. Il fut condamné par tous les médecins, et ses parents, au désespoir, allaient recueillir son dernier soupir, lorsqu'on vit revenir madame de Folleville.

Qu'avez-vous fait, madame? lui disent M. et madame Grandin en fondant en larmes. Approchez-vous de ce lit de douleur; voyez dans quel état vous avez mis notre malheureux fils! — Moi! répond madame de Folleville. Eh! voilà la première fois que je le vois depuis le jour de sa naissance. J'arrive, à l'instant même, de ma terre, que je n'ai pas quittée depuis six mois. Ma lettre a dû vous apprendre que j'y étais toujours. Comment aurais-je pu rendre votre fils malade, puisque je viens vous le demander aujourd'hui? — Comment, vous ne l'avez pas emmené dimanche dernier à votre maison de campagne? — Dimanche! moi? j'étais à quarante lieues d'ici, et je n'ai plus ma maison de campagne; je l'ai vendue l'hiver dernier.

Il s'élève entre ces trois personnes, une querelle qui va finir par des injures, lorsque tout-à-coup on entend des éclats de rire sortir d'une bouteille qui était sur la cheminée. La bouteille se casse, et, à sa place, on voit paraître une petite vieille toute décharnée qui dit, en riant : Bonjour, monsieur et mesdames; ne vous disputez pas tant pour une chose que je vais vous expliquer. Je suis la fée Beurlinguette; mon seul plaisir est de faire des malices aux petits enfants; j'ai voulu m'amuser sur le vôtre, et lui faire sentir qu'on ne tient les enfants sur la nourriture que pour leur bien uniquement, pour qu'ils ne soient jamais malades. Ainsi donc sachant que madame de Folleville vous avait écrit; j'ai pris sa figure; j'ai emmené le petit bonhomme dans une prétendue maison de

campagne créé par le moyen de ma baguette, où
je n'ai jamais été plus contente que de le voir se
donner une bonne indigestion; mais si j'ai fait le
mal, je puis le réparer, car, au fond, je ne suis
qu'espiègle, et pas du tout méchante.

Elle touche l'enfant, qui revint à la vie, puis
elle ajoute : Adieu, je vais m'égayer sur d'autres
enfants qui sont aussi pleins de défauts. En sortant d'ici, j'ai à punir de diverses manières, dans
votre quartier seulement, une menteuse, un sour-
nois, un petit mauvais cœur, trois orgueilleux,
dix répondeurs et trente-six gourmands comme
celui-ci.

Elle disparut, et Gourmandinet devint aussi
sobre qu'il avait été glouton, tant il eut peur que
la fée Beurlinguette ne revînt lui jouer un nouveau
tour.

Enfants! méditez ces leçons et songez bien qu'en
contentant vos parents, vous préparez votre bonheur à vous-même.

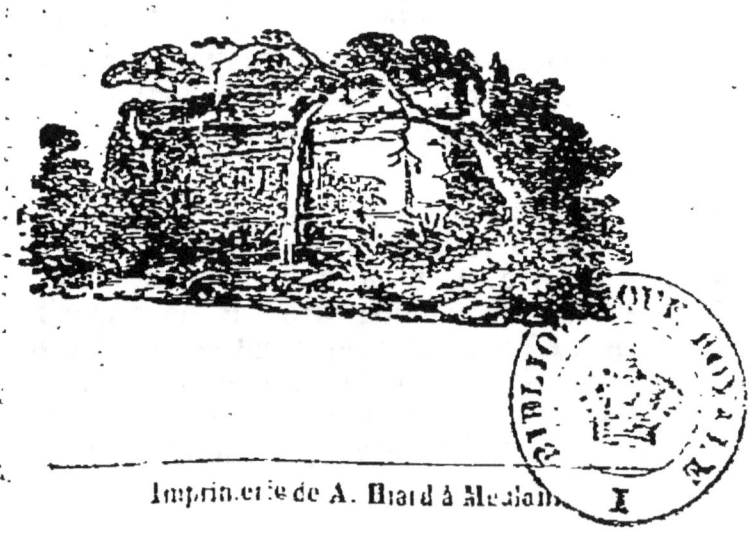

Imprimerie de A. Biard à Meulan.

Imprimerie de A. Hiard, à Meulan.

www.ingramcontent.com/pod-product-compliance
Lightning Source LLC
Chambersburg PA
CBHW071113260626
47162CB00006B/2304